司馬遼太郎という人

和田 宏

文春新書
409

はじめに

編集者として長い間、司馬遼太郎さんの担当をさせていただいた。しかしこの巨人について、なにかを書こうと思ったことはなかったし、また書けると思ったこともなかった。

理由ははっきりしている。

まず、私が親しくお付き合いいただくことになったのは、一九七〇（昭和四十五）年の秋に、翌年から刊行の『司馬遼太郎全集』の担当編集者になってからである。このとき司馬さんは四十七歳であり（私は三十歳であった）、それ以前のこの人については聞いた話や書かれているもので知るばかりなのだ。

その上、お付き合いの長さだけは三十年近いのだが、書籍の編集者というのは、ほとんど取材旅行などに同行することがないので、司馬さんを身近かに知る機会は多くはなかったと考える。当然、取材で得られた種がどのように芽を吹き、花開き、実を結んでいくのか、その過程を窺うことも少なく、もっぱら果実になってから目にするのみである。

この作家を若いときから、しかもそば近くで見ている人は大勢いるのである。なにも私が書くことはないのであった。

かといって、作品論・作家論を展開するほどの素養もノウハウもない。「司馬遼太郎」は私のフレームから大きくはみ出している。

また編集者は、その仕事の性質から、作家の身辺のことを知り得る立場にあるが、それを公にすることには怯《ひる》むところがある。

以上の理由から、私は亡くなられたときに追悼文めいたものを一、二書いただけで、このことに関して殻を閉じてしまった。昨年、ある雑誌に司馬さんのことを書いてほしいといわれたときも、例によってその場で断った。

が、そのときこれまでにはなかったことだが、もしいま書くとしたらなにが書けるだろうかと思った。そして愕然とした。自分が考えていたより記憶が薄れていることに気づいたのである。これがきっかけとなって、自分のためにメモを作っておこうと思った。この一連の文章を書くことになる発端である。

記憶が薄れてきたから書けるというのも妙な話だ。亡くなられてからの八年という歳月の作用としかいいようがない。

なにも昔のことを知っていなくてもいいではないか。そんなに身近かに見ていなくてもいいではないか。お目にかかることだけは多かったのだから、なかには私しか知らないこともあるのではないか。それが書く意義があることなら、いま書いておくべきではないか……。

編集者に守秘義務があるとしたら、その作家にとってマイナスになるイメージを提示することであろう。それは男女関係であったり、酒癖の悪さであったり、金銭にからむトラブルであったりさまざまであろうが、あらためて考えれば、私は司馬さんについてそのようなことはなにも知らない。というよりそんな噂も聞かない。司馬さんにしても、幾多の欠点を持っているのは当然である。しかしながら陰で声をひそめて話さなければならないことなど、少なくとも私は持たない。

司馬さんはいつも「仕事の間だけが司馬遼太郎だ」とおっしゃっていたが、その本名である「福田定一《さだいち》」氏そのものを、そもそも私は間近かに見る関係にはなかったといえる。

司馬さんはみごとな人であったとしかいいようがない。類《たぐ》いまれな大稟《しんぴん》に恵まれていたが、それ以上に私が感動するのは、常日ごろの自己を律する姿勢の厳しさである。努力の人でもあった。

ゆえに私はこの人を人生の師としている。この人に出会わなかったら、編集者の仕事をむなしく感じたことはまちがいない。だから先生といわずに司馬さんと書くのには、いまだに心の中では抵抗があるし、敬語を使わずに書くのも気がひける。しかしそのように書いた。

敬語を使うと、状況が明確に捉えられない。それでは意図するものが人には伝わらないであろう。また思いに反しつつもそれができたというのは、やはり八年という歳月がもたらした化学変化であろうか。

敬語は極力省くが、ここでは「司馬さん」とさんづけで書く。そのニュアンスは読んでいただければ感じられると思う。また司馬さんへの敬語を省いたために、その他の人へも敬語を省かねばならず——そうでないと司馬さんの身内が発言しているように聞こえる——、失礼があればお許しいただくほかない。

私は司馬さんを尊敬しているが、崇拝しているのとはちがう。司馬さんは、繰り返すがみごとな人である。しかしはっきりした欠点がいくつかあるし、まったき善人であるなどとは、私も思っていない。であるからこそ、はじめて師なのである。

司馬遼太郎という人　目次

I 司馬さんのかたち

葛城山のふもとを散策する

「司馬遼太郎というのは結構有名らしいぞ」

こんなことを本人から真顔でいわれても困る。全集の準備をしているころだったから、一九七一（昭和四十六）年の春ごろではなかったか。そのへんは曖昧なのに、表情ははっきり憶えている。自宅の応接間で、作業の手休めにコーヒーを飲んでいるとき、当惑気にいった。

司馬さんは六十歳を過ぎたころから、NHKの教養番組によく出るようになった。顔が若々しいのに、みごとな白髪だから、印象的な風貌である。一度見たら忘れがたい顔だ。実際、司馬さんと東京駅の新幹線のホームで入線を待っているときなど、「あら、あの人……」というささやき声をよく聞いた。名前は思い出せないが、どこかで見た顔だということであろう。全国的に、小説を読まない人にまで知られてしまった。

だから後年は、本人もわかってきて、さすがに前記のような発言はしなくなったが、七〇年代初めは、年齢でいうと五十前の司馬さんはそれほど顔を知られていなかったのだろうか。いや、そんなことはないと思う。なにしろ多作であり、しかもベストセラーをたて続けに出している人気作家なのである。新聞、雑誌にたえず写真が載っているのだ。

先の発言には前段があって、大阪でおよそ文芸の世界とは関係のないパーティに義理で出たら、まわりに人が集まってきたという「不思議な体験」をしたばかりであったらしい。よほどのことがないかぎり、パーティなどには出ない人だから、驚いたようなのである。

私自身これをいわれたとき、ずいぶん奇異な感じがして、本気でいっているのかしらと返事に困ったので、今でも鮮明に憶えているのである。おかしな人だとすら思った。まだよく司馬さんという人を知らなかった。

「司馬遼太郎というのは虚名である」と日ごろからいっていた。しかしそこまでいうのも不自然だろうとそのときは思ったのだった。

ひとつエピソードをあげる。

二〇〇三（平成十五）年、毎年司馬さんの命日に行われる菜の花忌第七回の会場で、作家の藤本義一さんが紹介したものだが、あるとき神戸のバーに司馬さんの贋者《にせもの》がたびたび現われることがあったという。藤本さんが知らせを受けて駆けつけてみると、なるほど司馬さんになりすました男がいる。急いで司馬さんに連絡すると、「その男はそこにツケがあるのか」という。藤本さんが店に確かめると、それはないようだ。司馬さんにそれを告げたところ、「そんならええがな、機嫌ようやってはんのやさかい、放っておきぃ」といったという。

この「司馬遼太郎」に対するこだわりのなさ、執着のなさはいったいどう考えればいいのだろう。

司馬さんという人は様子のいい人なので、テレビのコマーシャルなどにいろんな企業が使いたくて、噂ではずいぶんとお金を積んだということだが、本人はまったく関心を示さなかった。

「司馬遼太郎という名前は書斎の中だけのこと」

これもよくいった。

いい換えると、「職業が『司馬遼太郎』である」ということであろう。しかしこの職業は、頭脳だけではなくて精神の何ごとかに深く関わるものであるから、ハンドルを握っている間だけがドライバーというわけにはいかない。

自宅の食卓でイモの煮っ転がしを頰ばっている司馬さんやパジャマ姿で歯を磨いている司馬さんを、私は見たことがない。これは本名の福田定一氏の領域である。だが、この福田氏にも「司馬遼太郎」は不意に、容赦なくやってきて、その身を束縛する、はずだ。「虚名」だとか、「書斎の中だけ」といったところで、それは福田氏の全存在にのしかかってくる。「司馬遼太郎というもの」は、傘を広げたり、畳んだりという具合のものではない。

ところで、司馬さんに初めて会った人は、まずその謙虚さに驚かされるであろう。自己顕示欲やナルシシズムなどまるでないかに見える。とにかく私は後にも先にもこんな人に会ったことがない。

だが、生まれついてそんな人間がいるわけのないことは、だれでも体験的にわかっている。したがって、日々よほどの負荷を自分に課していた、心の中にある種の電流を通さない抵抗器を設けていた、日常的に訓練をしていたと見るほうが自然である。人は気をゆるめれば、そっくり返るほうに枉《ま》がり癖がついている。ここでは司馬さんも福田氏もない。司馬さんは謙虚だが、福田氏は傲慢だということはありえない。

自分をそこまで律するのは、なにかただごとでない気がする。それにはたいへんなエネルギーがいるはずで、その根底にあるものは何だろう。ときに、これについては戒律を守っている宗教家の雰囲気すらあった。

ごく自然に思いつくのは戦争体験で、自らも死を覚悟し、同世代の仲間が大勢死んでいったことで感得したなにかによるものだろうか。それだけなのか、いや、それで充分なものなのか、私にはわからない。人にはふつう、喉もと過ぎれば熱さを忘れる、という生存のための安全装置がついているものだが。

謙虚であることは、人にはやさしいということでもある。この人が生身の人間にはもちろん、歴史上の人たちにやさしい目を向けているのはだれもが認めるところだ。これは生き方の問題であり、それが創作上の姿勢と直結しているのだった。

司馬さんのこういうところを考えてゆくと、なにか大きなところに理解が及ばないでいるようで、じつはとても心細い。

「自分のことを書いたって、そんなもん、だれがおもしろがってくれる?」

生い立ちとか身辺雑記風のものを書かない人であった。書くという行為の先には、他人が楽しんでくれるものがなくては、という強い意志があったと思う。それには平凡な自分の生活など書いてもしようがない……。

「私は自分自身について関心が薄い」「身辺雑記の類いは書けない」という発言は再三ある。

第一期の全集を作るとき、最後の巻(第三十二巻)の年譜のところに、なにかその時期の司馬さんの思い出話を挿入したいと考えた。思いつきはいいのだが、なんとかこの作家自身の匂いのする文章を、と探したがほとんどない。初期に依頼を断りきれずに書いたと思われる断片があることはある。しかしことごとくといっていいほど、おどけたり、ふざけたりして、自らをカリカチュア化して書いている。自分を笑いのタネにしないで、まじめに書く気にはどうしてもなれないらしい。

まして自分の小説について書いたものなどほとんどなく、六四（昭和三十九）年に書いた「私の小説作法」（『歴史と小説』）がのちのちまでことあるたびに引用されるものだから、とても嫌がっていた。歴史小説を書くおもしろさは、完結した人生を鳥瞰できることにある、という一文である。

そこで年譜にあわせて、尻ごみする司馬さんにむりやり来し方を語ってもらった。これは全集第三十二巻に収められ、のち『司馬遼太郎の世界』にも「足跡――自伝的断章集成」とタイトルをつけられて収録されている。司馬さんが自身について語った数少ないものとして、よく引用されるのだが、それを見るたびに、あの人に悪いことをしてしまったのではないかと、いまでも思ってしまう。

＊本書で引用した文章が収録されている単行本、文庫本については（　）の中に『　』で書名を記した。それらは巻末の関連作品の一覧表を参照して下さい。

「地元には地元の秀才がおるということを計算してなかったなあ」

そんな司馬さんが進んで話す数少ない思い出話のひとつに、旧制高校の受験失敗がある。もちろん自分を徹底的に笑いのタネにした上でのことであるが。

一九四一（昭和十六）年、司馬少年は大阪をあとにして、はるばる春まだ浅い奥州路を青森県弘前《ひろさき》市まで旅をする。旧制弘前高等学校を受験するためである。旅は当時二十時間かかった。「よく親が金を出してくれたものだ」と述懐している。なぜそんな遠くまで行ったかというと、「厳密な計算」によるものであった。

当人がいうには、数学がまるでできなかったので、それを零点として、あと英語や国語でカバーするとしたら、受かるのはどこか探した末の選択なのである。飛車か角落ちで将棋を指すようなものだ。そこまで熟慮したのに、結果は右の発言の示す通りとなる。

この一件については、「夷蛮の地」「僻遠の津軽弘前こそ人煙もすくなかろうと思い」、行ってみれば「地元はすでに王化滋《しげ》く」みごとに失敗したという戯文まで書いている。

これは司馬さんのお得意の話でもあって、その場に新顔がいたときなどよく話した。私も何度も聞いたが、次第に調味料としてフィクションが加わり、だんだんと語りぶりや間の取り方が完成されていって、古典落語のような趣きになってきた。

九六（平成八）年の正月は、司馬さんは名古屋のホテルで過ごしたが、その三日の夜、当時名古屋在住だった作家の宮城谷昌光さんが初対面だったので、この話が始まった。何度聞いても爆笑させられるのだが、この夜はとくに名演であった。宮城谷さんも腹を抱えて笑っていた。

「でも司馬先生」と宮城谷さんが頬をくずしながらいった。「数学の零点はわかるとしても、英語や国語で七十何点とか八十何点って、どこからそんな数字が出てくるんです」

「そんなもん……」というと、一瞬絶句して、司馬さんは笑い出してしまった。「数学が弱いのだからわかるわけないやないか」とでもいいたかったのかしらん。

このあと司馬さんはたった四十日しかこの世にいない。大いに一座を盛り上げてくれたが、「坐骨神経痛」の悪化で、坐っているのも辛かったのではないか。


「数学は苦手やけれども、相対性理論を一般向けに解説しろといわれればできないことはない」

司馬さんの最大の才能は、錯綜した事実群の中から、たちどころに人づかみに本質をつかみ出してくることだろう。細かい点のミス、勘違い、不注意はあっても大筋は外さない。

それがこのような発言に繋がる。天性の新聞記者でもあった。

産経新聞で司馬さんの「風塵抄」の担当をしていた福島靖夫さんの遺稿集『あした元気にな〜れ』を読んでいて、あっと思った。ここに司馬さんからの手紙が紹介されていて、「小生の文章をかねがね読んでいてくださっていたらしい故岡潔博士が『あなたの文章が作家、学者を入れて、いちばん数学のできる人の文章だ』と途方もないことをいってくださった」とめずらしく司馬さんの咳払いが聞こえるような書き方で、おしまいに「なにやらジマンをふくんでいるらしい思い出也」と照れて締めくくっている。

岡さんは高名な数学者だから、この話は司馬さんの文章が論理的であることを証明することになりそうだ。

すっかり忘れていたが、司馬さんの文章の特性について本人と話しているとき、この岡さんの言葉を私も司馬さんから聞いたことがあった。それでその文章の論理性について考えることにもなったのだった。

福島さんは私と同年の生まれ、九九年に急逝されてしまった。

「物事を考えるのには、論理的に考えてゆくのが一番の近道だ」

当然のことであろう。しかしそれがなかなかできない。司馬さんの文章け名文だといわれるが、論理的な構造をもっていることはあまり触れられていない気がする。若いころは論理的であることといわゆる名文とは相容れないように思っていたが、あさはかであった。名文とはわかりやすい文章のことであった。

第一期の司馬全集を担当して、作品を読み込んでいるうち、この人の文章は、仮に何語か、いや何行か欠落していても意味が通じることに気づいた。変なたとえであるが、かつてのように検閲官がいたら、どこからどこまで伏字にしたらいいか、さぞ困ったであろう。それは文章の構築が論理的だからである。

司馬さんの文章がわかりやすい、頭に入りやすいというのはそういう仕掛けによる。とくに『殉死』という作品の冒頭で宣言したように「書きながら考えてゆく」という小説作法をとったものだから、その無理のない論理に乗ってしまうと、読者は自分で考えているような錯覚さえ起こしてしまう。

したがって、形だけなら司馬さんの文章は真似することが容易だ。が、あのような奥行きの深い文章にはならない。文章とは正直なものだ。

司馬さんは、井伏鱒二さんについて、こう書いたことがある。

「文学という言語の秩序体系は、つづめてしまえば作者における心の高さに帰してしまう。私ども読者はその自然な高さについ魅《ひ》き入れられて読みすすむものらしい」(「井伏さんのこと」・『以下、無用のことながら』)

「論理的に考えるには、日ごろからそのように話す癖をつければいい」

ある事象を追究するには、論理的に考えてゆくのが近道であることはわかる。しかしそのようにするにはどうすればいいのか。

司馬さんは、まずそのように話す習慣《くせ》をつけろ、という。たとえば会社で起きたことを奥さんに話すときでも、相手の頭に入りやすいように論理的に——筋道を立てて話す習慣をつけることだという。

なるほどと思った。たしかに筋道を立てて話すには、まず頭の中を整頓しなければならないからだ。これはなんのことはない、サラリーマンならいつも会議で報告するときに要求されていることである。しかし人に報告する必要のない、自分の内部の、抽象的な問題から個人的な悩みなどについては頭の中でそんな作業はしない。いたずらに悶々とし、クヨクヨして時を費やす。そこでまず問題点を整頓する習慣をつけろということだ。

その上で、自分の考えを煮つめていくには、たしかに誰かに話してみるというのは有効ではあるが、実際にはそんなことにいちいち付き合ってくれる相手はいないし、人にはいえないことだってある。そこで私は頭の中で、ある人に理解してもらうとしたらどう語ればいいかというシミュレーションをすることにした。ある人とはもちろん現実の人であるが、親しい人を想定すると馴れ合ってしまうので、尊敬できる目上の人がいい。

白状すると、私は司馬さんにこの頭の中の「ある人」になってもらい、そのときの問題をこの人に話すとしたら、どういう手順で、いかに要約するかを想定することにした。司馬さんがこれを知ったら、「えらいことに使《つこ》てくれるなあ」とあきれるだろうが、今でも気がつくと、司馬さんに話しかけているときがある。感想をいってくれるときもあるが、もちろんそれは残念ながら、私と等身大の司馬さんでしかない。

私が「いま司馬さんのことを書いていますが、どう書けばいいでしょう」といったら、司馬さんはなんというだろう。「君にぼくのことなど書けるのかい」といった意地悪なことをいう人ではない。「難儀なことやなあ。まあ、あんまり気張らんと肩の力を抜いて普通に書けばええ」といってくれるはずである。なんとも私にとって都合のいい司馬さんではある。

「最後はやっぱり直感に頼るしかない」

前項と矛盾するようだが、論理を積み上げ積み上げしていって、もうこれまでというときには、あとはどうするんです、としつこく聞いたところ、右のように答えた。

これは『アメリカ素描』について尋ねている。アメリカに司馬さんを連れ出すという発想は、当時まわりのだれにもなかったと思う。司馬さんの関心の垣根はアジアで尽きているとみんな考えていた。これを企画した読売新聞の功績である。

さて、司馬さんはアメリカにいくとなったとき、ものすごい量の資料を読んだことは容易に想像がつく。しかし人は資料を読むとき、知らず知らず自分の先入主に従って読む。だから司馬さんは一旦それを頭から消し去り、白紙にしてアメリカをそのまま見ようとしていることが、この本を読み始めるとすぐに気づく。臆病にといっていいほど、おそるおそるアメリカに上陸し、見たものしか信じまいという態度を最初からかたくなに守っている。

だがそれには限界があって、「これはこうにちがいない」というところにたどりつくには、直感が必要になる、ということである。

それなら最初から直感に頼ればいいではないかということにはならない。そこまでの論理の積み重ねがあればこその直感なのである。助走路がまっすぐでないと正しい方向には跳べない。

そうして得た筋道に沿って、はじめて蓄積した知識が動員される。『アメリカ素描』はそういう司馬さんの思考方法がたどれる興味深い一冊であると思う。司馬さんの歴史観はこうして獲得されてきたものにちがいない。

「あの男もなあ、昔はいいヤツだったんだけどなあ」

司馬さんは自己が肥大することをきびしく戒めつづけた人であったと書いた。なぜそんなことがいえるかというと、エラそうにする人、尊大な人には敏感に反応したからだ。過敏とさえいっていいかもしれない。常日ごろから、身のうちの肥大の萌芽を、注意深く摘み取り摘み取りしているから、はじめて気がつくことではないだろうか。

だれでも人より少しでもマシなところがないかと、探して生きている。そうでないと寂しくてしようがない。司馬さんもそんな単純な自慢話には聞き上手で、適当にからかったりして笑っている。が、その埒《らち》を越えて、オレは人より優れている、オレが教えてやらないと何もできないバカばかりだ、といった類いの匂いが少しでも混じると、とたんに興味を失った顔になり、鼻白んだまま口を噤《つぐ》んでしまう。またイバる人に限って、そういうことに鈍感だから、まわりがハラハラする。司馬さんはこういうことに関しては決して気の長い人ではなかった。

だから権力者や著名人と「オレ、オマエ」の関係だとか、自分だけが苦労しているんだ、といった発言もきらいだった。しかしだれだって褒められたい。褒め言葉の乞食が、褒め言葉の強請《ゆす》りになり、そして褒め言葉の奴隷になっていく。

「あれも変わったなあ。前はあんなんじゃなかったのに」ということを執拗にいった。「君はあの男を見習えよ。あんなに仕事に打ち込むヤツは見たことない」とまで激賞した人について、あるときからまったく触れなくなって、こっちが戸惑ったことがある。私が気がつかないなにかを嗅ぎ取ったのだろう。

昔はよかったと褒めれば褒めるほど、いまはだめだとなる道理で、ときによって必要以上にきつい批判に聞こえる。そこまではあまり人の前でいうことではないので、司馬さんの距離感のとりちがいである。誤解を生みかねない。司馬さんほど、世間の人はイバるという行為に敏感ではないからだ。同じ温度でもふつうの人の摂氏ではなく、司馬さんは華氏の目盛で計っているように見えた。

などと他人《ひと》ごとのように書いているが、私自身も司馬さんを不快がらせたことがあったに違いない。もっともイバれるほどのことがお前にあったのかといわれれば、返答に窮するけれども、さっぱりイバる材料がないというのだって自慢のタネになる。

亡くなってから、司馬さんは日記をつけていただろうかということが編集者の仲間うちで話題になった。だれだって以上のような醜態を何度も司馬さんに見せていたはずで、日記は嘆きに満ち満ちているのではないかと戦々兢々《きょうきょう》だったのだが、夫人に聞くと、日記はないとのことだった。

一同ほっとしたのだが、考えてみれば、われわれあたりの批判を書いているほど閑《ひま》な人ではなかったし、そんなことに情熱を持つ人ではなかった。なによりあれほど自分に関心がなかった人が、日記を書くわけはない。……しかしまてまて、驚くほどの筆まめな人でもあったぞ……。

ところで、ふしぎなことに、みどり夫人も謙虚である上に、エラそうにする人が極端なほど嫌いである。夫婦なのだからふしぎでもなんでもない、当たり前のことだろうという人は、社会的に地位のある亭主のほうが謙虚なのに、その夫人がやたらイバるという被害にあったことのない幸せな人である。

「自分を面積も質量もない、点のような存在にしないと物が見えてこない」

これも繰り返し語った言葉で、司馬さんの創作についての原点を示している。自分が肥大していては対象が見えてこないという。対象をそのまま捉えるのは、自分の大きさとの対比ではなくて、自分を限りなく小さくしないといけないということだろうか。

これは創作において対象を把握する原点である、ということは思索の出発点であり、自身の存在そのものに関わることになる。

……これは考え方が逆であった。

生き方がそういう方法を取らせるのであり、創作のスタイルがまずあって、それが生き方を決定するのではない。当然のことであった。ものを観るために生きているのではなくて、生きるためにものを観るのであるから。

ここでふたたび行き止まりになる。司馬さんをして、点になるまで己を小さくしようと思いつめさせるものは何か。このことについては本人は、「この癖《へき》は、強いて文学的にいえば、貯金箱の穴のような戦車の覘視孔《てんしこう》から外界をのぞいていたときまで記憶をさかのぼらせることができます」（『歴史の中の日本』）などと冗談ではぐらかしている。

いずれにせよ、ここまでナルシシズムを排除すれば、私小説は書けない。

「この隣りの部屋で県会議員が宴会でもしてたら、裸足で逃げるよ」

料亭での席でいったことである。どうしてこんなに、と思うくらい政治家が嫌いな人であった。一九六〇年代あたりまでは雑誌の連載対談などで断りきれずに付き合っているが、相手は権力の中枢にいる人ではなくて、政治家としては一風変わった人たちだったように思う。のちになって気にいった人もいたようだが、その人が権力に近づくとたんにいやになった。要するに権力風を吹かす人が一番嫌いなのであった。

自分の体積をできるだけ小さくして物を見ようと努める人だっただけに、かさ張ろうとしている人にはとくに敏感だったのだろうか。大企業のトップも好きではないようであった。

さる大会社の社長で教養もあり、社会的にも発言力があった有名人がいて、対談もして、大いに共鳴しあっていたから、私はてっきり司馬さんが好意を持っているのだとばかり思っていた。あるとき司馬さんといっしょにホテルのロビーから表に出ようとしたとき、たまたまその人が車寄せで悠然と自分の車を待っているのを私が見つけた。

あそこにだれだれさんがいますよ、と司馬さんにいうと、喜ぶと思ったら、「ちょっと隠れよう」といって、自分で柱の陰にひっこんでしまった。べつに強く嫌っているわけではないが、会って挨拶するのも面倒だ、ましてちょっとでも立ち話することになったらもっといやだといった態度だった。

ところでそんな司馬さんが、韓国の大統領や台湾の総統と会っているのはなぜだろうか。いろんな義理が絡んだあげくであろうが、私は知らない。ただ否応なく大日本帝国の中で生き、その兵隊であったという過去がなにか影を落としているような気が、私はするのだがどんなものであろうか。

「あんまり理不尽やからな、ひとことゆうたった」

司馬さんもときには失敗する。

八〇（昭和五十五）年のことではなかったかと思う。京都のホテルで過ごしている司馬さんを訪ねた。そのころの取材の関係で、司馬さんと親交ができた年配の人を含む数人の女性のグループも宿泊していた。私も何度か会った人たちである。

その仲間うちで少々不都合なことが起きているということは、わずかに聞いていた。が、それがどういうことなのか司馬さんはしゃべらないし、私も関係のないことなので知りたいとは思わなかった。あとで聞くと、一種の弱い者いじめみたいなことだったらしい。イバっているうちはまだいいが、こうなると司馬さんは落ち着かなくなる。正義感というより生理的な嫌悪感が先立つのだろう。

理不尽なことは大嫌いだが、人のことにあれこれ口を出すことを、自ら戒めている人だから黙っていた。しかし、その夜ついに肚《はら》にすえかねることになったらしい。俠気が自制の規《のり》を越えてしまった。勇み足である。

翌朝、二人でお茶を飲んでいるとき、「あんまりひどいからな、ちょっとゆうたった」といった。問題の女性に説教したようだ。口もとに後悔の色が滲んでいた。

私のよく知らない話だし、関心の埒外だから、適当に相槌を打っておけばよかったのに、つい口がすべって「先生に理詰めで迫られたら、たいていの人は逃げ場がありませんよ」と余計なことをいってしまった。まったく度しがたい。

司馬さんはちょっと黙っていたが、「そんなことはないと思う」といって、口を噤んだ。

「講演の依頼は取り次ぐことはないから、君のところでぜんぶ断っておいてほしい」

司馬さんに講演を依頼したいのだが、取り次いでもらえないかという話が、会社にひっきりなしにくるようになったのは、『坂の上の雲』のあとあたりからだったと思う。営業部を通しては書店から（その所属する地方のライオンズクラブや青年会議所の催しとして）、広告部を通しては企業から（さまざまな研修会に。新人研修でぜひといってきた大企業もあった）、私のところに電話が回ってきた。

右のように司馬さんにいわれた以上、断るしかない。その結果、出版社を通すとかえって実現が遠のくということになった。自宅への依頼の凄さは容易に想像がつく。しかし司馬さんは義理のあるところ以外はほとんど引き受けなかった。義理とは取材で世話になったところである。

日本史に精通し、視野が広く明確な歴史観を持っていて、しかも話がおもしろいのだから講演の依頼が多いのは当然であった。だが、それに応じていたら仕事が出来ない。書や色紙の依頼も多かったが、すべて断ったようだ。あそこに書いてここに書かないというわけにもいかず、きりがないので、いっそのこと平等に書かなかったということだろう。

　しかし、まわりの者には気軽に、そのとき気に入っている言葉を書いてくれた。雑談中にひょいと筆をとって、自著の見返しに「桃の花が」どうしたという漢詩を書いてくれたことがある。春のうららかな景色を詩《うた》ったものかと思ったら、「ほんとをいうとこれはかなり猥褻な詩なのだ」と秘密めかしくいったので驚いた。

「『司馬史観』なんていうのは、やめてくれんかな」

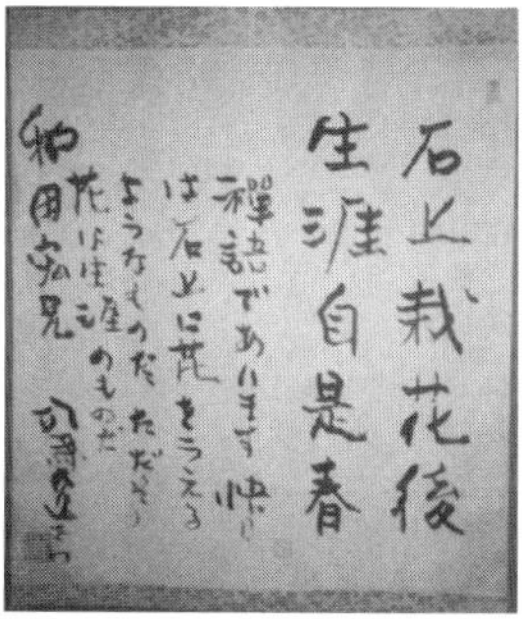

味のあるいい字を書く人だった

自分でもおもしろいと思う歴史認識を得られるのは、「十年に一度」と謙遜したことがある。小説やエッセイに見られる歴史解釈は読者を惹きつけてやまないが、当人にしてみると、それを「史観」などと大げさに扱わないでほしいという。

　学者はさまざまな史料を校訂し、吟味し、意味のない想像を極力排除して、事実を探求し、組み立て、真実に至ろうと苦悩する。「その枠の中から一歩も出まいという姿勢こそ、意義のあるものであるし、それこそがわれわれが共有できる文化というもの」であるのに対し、自分は事実は枉げないものの、史料を触媒として使い、その枠など無視して、自由に想像の羽を伸ばしているのだから、「史観」などというたいそうな言葉を使ってほしくない、という。

司馬さんは、自作『新史太閤記』について「『新史』なんてつけるんじゃなかった」といったことがある。べつに「新しい歴史を書いたわけじゃない」といいたかったのだろう。しかし、幅広い視野をもって、平明な論理で組み上げられたその歴史観の魅力は、だれもが感じるところである。

「博覧強記の人だから」とあるときいったら、「ぼくは博覧強記なんかやないぞ」とまじめにいい返された。なにかのときに「碩学《せきがく》」と書かれたのを見て、「勘違いをしとりゃせんか」といった。「国民作家」といわれて、「よしてくれ」といった。いちいち少年のようにむきになって、否定するのである。

ただ、いま思い返してみると、「博覧強記」などは世渡りの足しにはなるだろうが、すこしも褒めていることにならないのかもしれない。真の教養というのは、知識の総量をいうのではなくて、独自の考え方をもって、自分の言葉で語ることができるかどうかだと、いまになってしみじみと思う。これも司馬さんを見ていて、教わったことである。

「気分転換のための触媒を作っておくといい。百くらい作っておけば一生もつ」

趣味、スポーツ、芸事なんでもいいが、仕事がうまくいかなかったときや気が滅入ったとき、気分を変えることは大事である。しかし普通、百も気ばらしの材料は作れない。そんなことをしていたら、仕事が余計うまくいかず、もっと気が滅入る。このへんが司馬さんらしい。

それでは司馬さんの触媒とはなんだろう。まず酒は付き合いで飲む程度で、憂さ晴らしに飲むとはとても思えない。

『坂の上の雲』を書いているころ、名編集者といわれた池島信平さんとの対談で、「たいていの作家は、次の作品にとりかかるとき、前の作品の余韻を忘れるために飲むもんだ」というようなことをいわれて、「それ、おもしろがって、そういってるんじゃないでしょうか。普通、すぐに別のものに移れるはずだと思いますけれどね」とにべもない。まずこの人から、高級クラブなんぞで、ホステスをはべらしてブランディ・グラスを傾けている絵が思い浮かばない。

うまいものを食べるという趣味もない。魚介類が苦手で、とくにカニはアレルギーがあって受けつけない。「週刊朝日」連載の「街道をゆく」の取材で、長い間いっしょに旅をした画家の須田剋太さんは、「司馬さんはずいぶんと偏食の人で、鶏でも魚でも全然食べない。食べるものといったらトンカツかソバぐらいのもので、それも少ししか食べない」と証言している。挙句「小食だから頭がいいのかしら。天才はあまり食べないんですかね。普通の人だったら腹が減ってしようがないと思うんだけど」とサジを投げてしまっている。司馬さんだってかつては大日本帝国陸軍にいたのだ。そこでは一体なにを食べていたのだと聞きたい。

囲碁将棋は強くなりそうな雰囲気はあるが、なにしろ勝負にこだわる人ではないので、熱中しそうにない。歌舞音曲といった類いにもことごとく気がありそうにない。茶道などはその歴史に興味があっただけではないか。

ゴルフは「どこがおもしろいのだろう」といっている。競馬、麻雀をはじめギャンブルもやりそうにない。ましてこの人がパチンコやカラオケに打ち込む姿など、想像力が異常な人でないと像を結ばない。

クルマに凝るといった趣味もない。自らのドライブ経験は生涯通して、ヘータイ時代の戦車の運転のみであろう。クルマが必要なときは、近所のタクシー会社を利用していた。

書画は書くのも見るのも好きである。これはだれでも納得する司馬さんの趣味であろう。しかし骨董への興味は、それが歴史と関わる物でなければ、薄いと思う。そもそもこの人には、なにかを集めて楽しむといった、コレクターの気配がない。

旅、もわかる。ほとんどの場合、取材を兼ねているのだが、その地に身を置き、古老の話を聞き、来し方に思いを馳せ、土地の言葉を聞くのは好きだ。しかし地酒も知らず、食べ物も楽しまず、温泉も興味ないとなったら、仕事以外の何ものでもないと思えてくる。

「中国旅行、たべもの（毎日〳〵の中華料理）と早起の連續で、くたびれました。もう中国には来ん（ぬ《ママ》）と思いつつ〝また来ているなあ〟という思いがしきりでした」

などという手紙がある。さらに、

「小生は七月初旬から二週間、モンゴルに行きます。約束してから、後悔しています。あとの、疲れがいやですから」

と、いく前から、もう疲れているような便りすらある。

思い出した。この人は別荘を持っていた。司馬さんと瀟洒《しょうしゃ》な別荘、これは絵になる。が、まず場所が温泉地でも高原でもない、南紀州も南端の古座川《こざがわ》のほとりとなると、想像の絵柄も怪しくなってくる。あのあたりは台風の通り道で、松の木なども捻じ曲がって生えているような、あらあらしい風景なのである。そこに村の雰囲気を壊さないように極力目立たない風に建ててある。

八〇（昭和五十五）年の夏に、できたばかりのここに担当の編集者や記者が二十人ばかり招待された。なぜこんなところにわざわざ別荘を作ったのかとふしぎに思った。ゆったり寛《くつろ》げるというところでもないし、仕事に没頭できるというところでもない。ペン一本と原稿用紙があれば恋愛小説は書けるだろうが、司馬さんが仕事しようとすれば、少なくともトラック一台分の資料がいる。

その上、司馬さんは、町なかのごみごみしたところに住んでいないと、歴史の中の情景に静かに浸ることができないという、ふしぎな感覚の人なのである。結局、司馬さんはここにくることはほとんどなかったはずである。なぜ建てたのかについては、いろいろ事情があるのだろうが、私は知らない。

やはり池島対談にあるように、

「古本だけが道楽じゃ、淋しいなあ（笑）」

とはいうものの、本の世界に遊ぶのが、最高の楽しみだったのだろう。これを読む楽しみがあれば、「イノチをすててもよい」と冗談まじりにいっている。短篇小説の場合、史料代のほうが原稿料より高く、「商売でいえば、モトを切ったこともある」が、それでもいい。コレクターではないから、そうした本を「読みちらして赤エンピツで線をひいてさんざんな目にあわせてしまう」のが悦楽なのだそうだ。

「大相撲に八百長はありえない」

はっきりとは憶えていないが、大相撲の話をさかんにするようになったのは九〇（平成二）年より少し前ころからではなかったか。もっぱらテレビ観戦で、桟敷席まで足を運ぶといった入れ込みようではなかったと思う。このあたりの司馬さんのプライベートな生活は、まったくといっていいほど知らない。

結構テレビ好きだったと聞く。ソファに寝そべって、チャンネルをリモコンで頻繁に変える人だったというのだが、本人からもみどり夫人からもそんなことを聞いた覚えがない。

そのころの「週刊朝日」の「街道をゆく」の担当者であった浅井聡さんは、同じ三重県出身の双羽黒《ふたはぐろ》に似ていると司馬さんに書かれて、釈然としない思いだったと書いている。

たしかに横綱にはなったが、なにやら変人の匂いのするお相撲さんだった。

浅井さんと同じ社のHさんは司馬さんの前でうっかり「大相撲には八百長がある」とい

ったばかりに、猛反撃されたらしい。のちに司馬さんは浅井さんに「H君もかわいそうになあ、悪い先輩からああいうふうに思い込まされたのや」といったという（司馬遼太郎記念館会誌「遼」第九号・二〇〇三年秋季号）。おおまじめなのだ。

私は福井県の出身なので、司馬さんと会うたびに郷土力士の大徹《だいてつ》関の話をしてくる。

「やあ、今場所は君とこの大徹はどうもイマイチだったなあ」

とにこやかにいうのである。そういえば、大相撲の場内放送は力士を紹介するとき、かならず出身地をいっている。司馬さんはそれを聞きながら、「そういえばあいつと似ている」などと思って見ていたのだろうか。光栄なような、こっけいなような……。

青森県出身の隆《たか》の里《さと》、旭富士、舞の海といった津軽顔が好きのようで、「貴ノ浪も……」といいかけて、対談相手の津軽出身の作家・長部日出雄さんに「あれは南部です」といわれて、頭を掻いている。青森県内の津軽対南部の歴史的因縁はまだまだ生きている。

さて、双羽黒関とちがって、大徹関は幕内の下位から中ほどを行き来する地味なお相撲さんだったが、一時ラジオの番組が火をつけてマイナーではあるが人気者になった。長身で今どきめずらしく「うっちゃり」が得意の実力派の関取であった。現在は湊川親方である。

一場所だが小結に上がったことがある。司馬さんはわがことのように喜んで、「おいおい、君とこの大徹が小結にいったぞ」とそのときは会うなり挨拶代わりにいった。大徹関は当時の無敵の横綱千代の富士にうっちゃりで勝ったこともある。楽に土俵際まで寄った横綱が、一瞬のちに土俵の外におり、「なんだ、こりゃ」という顔をしていたのが印象的であった。

私も、大相撲にはなぜ八百長がないかという司馬理論を延々と聞かされたことがある。それは室町期の芸能論から始まる堂々としたものであった。しかしそれを支えているのは少年のような純真さである。めずらしく、反論は許さんぞ、といった気迫があった。大相撲関係者は惜しいことをした、これをどこかに発表してもらうべきであった。

「大徹は髷《まげ》を切ってしもたな」

引退したとき、いかにも残念そうだった。私はこれで郷土力士がいなくなって、ほっとしたりもした。

九二（平成四）年夏の葉書の端に次のように書かれている。

「先日、大徹が洋髪（？）になって、解説の一人に加わっていました。マゲの似あわなかった人だのに、洋髪がまた似合いすぎてずいぶんいい男ですね」

「中学時代に銃剣術の大会で勝ち進んだ時はどうしようかしらんと思った。早う自分が負けんかなと思った」

そういったあと、「君もそやろ」という。

はて、私はそんなに無欲かしらん、と一瞬いいよどんだとき、隣りにいた夫人が「そんなこと、人に押し付けたらあかんわ」とすかさず援護してくれた。

この場合、前後の脈絡から、人を押しのけてまで目立とうとか偉くなろうとかいったことの意味合いだったが、銃剣術といったものが嫌いでもあったのだろう。

司馬さんという人は一見どことなく運動神経が鋭いという感じがしない。中学に入ったとき、ある運動部に入ったら、「お前は千年やってもだめだ」といわれて、やめたとどこかに書いている。しかし剣道は強かったという。「ぼくは小説の剣戟の場面を書くのは下手ではないと思う」と自慢したことがある。

たしかに剣術も人を殺す目的で生まれたのにはちがいないが、江戸三百年の間に精神化され、様式美を求められて「道」がつくようになった。いま剣道の試合を見て殺し合いを連想する人は異常であろう。もっとも幕末の一時期には露骨なほどその「実用性」が発揮されはしたが。

しかし銃剣術などというものは、ただひたすら相手を一瞬でも早く刺突《しとつ》するためだけのものではないか。司馬少年にとってさぞ疎《うと》ましいものであったことは容易に想像がつく。やるせない思いをしたにちがいない。

「人が人に暴力をふるう光景ほど浅ましいものはない」というのがこの人の本質なのに、どうしてあれほど幕末の暗殺を書いたかといえば、「このましくないが、暗殺者も、その兇手に斃《たお》れた死骸も、ともにわれわれの歴史的遺産である」（『幕末』あとがき）からである。

『燃えよ剣』を書いたころだと思うが、カメラマンの要求に応えて、土方歳三だったかの差料を坐したまま抜いて振りかざし、見上げているいい写真があるが、のちになってこの写真をひどく嫌うようになった。

「君はちょっとばっかり勉強ができたからといって、そういう人たちを見くだしていたんだろ」

私が中学を卒業した一九五六（昭和三十一）年ころは、そのまま就職する同級生がかなりいた。関西圏なので京都や大阪へ行くものもあり、地元に残って家業を手伝ったり、漁師になったりした。これといった産業も少ないので、盛んだった昆布の加工業に徒弟として入るものもいた。幼なじみ二人がそうした。

現在は機械が主体になっているのだろうが、上質の昆布からいいとろろ昆布をとろうとすると、いまでも職人が手作業で昆布から掻きとる。足袋を履き、草履《ぞうり》で昆布の端を押さえ、刃物で表面を削りとっていくのだ。小僧になって何年か修業して技術を身につけると、独立して仕事を請け負うようになる。

家が貧しかったからという人もあったが、勉強がきらいだから、早く社会に出て金儲けしたいという者もいた。高校時代や大学に入って帰省したときなど、町でばったりあったかれらに、キツネうどんなどをご馳走になったこともある。

そんな話を司馬さんにしたら、右のような返事が戻ってきた。そしてなにかの折に、第三者にもこの話をした。「この男の郷里ではこういう職業があってな、この男は……」かれらを軽んじていたのにちがいないというのである。ちょっと待ってくださいよ、そんなことはないですよ、あの人たちはかつかつの貧乏学生とちがってお金持ってたんですから、と抗弁したが、司馬さんに黙殺された。

その意味はわかっている。たしかに私はかれらを蔑《ないがし》ろにしたことなどない。が、親の金で大学にいっているものに、働いているものの気持がわかるか、ということである。社会に出て思い知ることになったが、働いて金を得るということは、哀しみもついてくるということだ。世間に早く出るのは、喜びの何十倍もの辛さがある。かれらが金を持っているからといって、その痛みをわかっていなかった君は、かれらを疎《おろそ》かにしていたのと同じだ、と司馬さんはいっているのであった。ついでにそんなこともわからん君自体がバカだということであったろう。

「いくら偉い人の子どもで似ているといったって、それだけじゃ生物としての産物にすぎんじゃない」

『坂の上の雲』の重要人物の子だか孫だかが健在だから会ってみる気はないだろうか、という人がいて、取り次いだところなんだか煮え切らない。とにかくあの人にそっくりだぞうですよ、と言葉を重ねたら返ってきたのが右の反応だった。

その通りではあろうが、まことにそっけない。司馬さんはおそろしく好奇心が旺盛だが、おもしろそうだからみんなで見に行こうといった野次馬根性のない人だった。

ただ、いくら過去のことでも、その事件の現場にかならず身を置いてみるということは実行した。すると史料を読んでいて考えもしなかったことが見えてくるという。

関ケ原などには何十回も行っているはずである。まだ若いころ、作家仲間で関ケ原へ行き、司馬さんがあの山にだれだれ軍が陣取っていて、あちらにだれだれ軍が鎮まっていて、といった実況放送みたいな解説をして、大変おもしろかったという話が残っている。寒い日で、風邪恐怖症の司馬さんは、頭や首になにかを巻きつけ、頰っかぶりして現われたということである。

八八（昭和六十三）年に長崎に講演旅行のお供をしたときに、「大村湾のオランダ村に風帆船を見に行きませんか」と誘った。旅の疲れもあり、夜の講演のこともあるし、なにせ長崎市内からは車で片道一時間もかかる。さすがにしばらく考えていたが、「行こうか」といった。

オランダから回航されてきた船は、当然のことながら模型とはちがう迫力がある。司馬さんはすっかり上機嫌になって船内を歩きまわり、ここには飲料用の水の樽がおいてあったはずだとか、ここは水夫らがハンモックを吊ったところだとか、まるで乗り組んでいたかのような解説をしてくれた。

「やっぱり本物に体を置かないとわからない雰囲気が感じ取れた。よかったよ」

といってくれた。実際の航海に耐えないような模造品ならおそらく見には行かなかったであろう。その証拠にまわりにある模擬店や模擬工房などには見向きもしなかった。先の話でいえば、いくら偉い人の子や孫で父親や祖父に似ていても、それだけでは司馬さんにとっては「模擬店」でしかないのである。

長崎オランダ村の風帆船前で

オランダ村では、そのあとレストランに入って、カツライスを頼み（こういうところではいつもこの手である）、少しつついてコーヒーを飲み、引きあげた。

「**やっぱり東京の女の子はきれいやね**」

その直前まで『翔ぶが如く』の本造りの話をしていた記憶があるから、七五（昭和五十）年の春ころだったか、車で繁華街を移動中に窓の外を見てそういった。

それで女性の話になるかといったら、残念ながらならない。視力の話にいく。「このくらいの距離を見る眼鏡ともっと遠くを見る眼鏡は別なんだ。それで字を読むのはまた別だから、最低三個の眼鏡がないとどうにもならん。えらいことや」

もともと目の質が悪いと嘆く。執筆時には机に正対しないで斜めに坐って書く。左右の視力が違うからだという。

目の中にいつも数匹の蚊が飛んでいるというエッセイがある。だれでもそんなものだとずっと思っていたらしい。軍隊時代の演習のとき、その蚊めがけて戦車砲をぶっとばし、「ひどくなぐられた」とある。上官もさぞ驚いたことであろう。

そんなわけで少なくとも三個の眼鏡を持って歩くが、夫人によると、しょっちゅうどこかに置き忘れてくるという。「補充が大変なの」ということになる。いっそ紐《ひも》をつけて首から下げればいいようなものだが、このいつもセンスのいい服《もの》をきちんと身につけている人が、二つも三つも首から眼鏡を下げて歩くことに同意するわけがない。

司馬さんのそばにはいつも夫人がついてはいるが、身の回りのものは最低限は自分で持ち歩かねばならない。眼鏡のほかに札入れやハンカチは人に持たせるわけにはいかないし、煙草、ライター、万年筆、懐中時計……あとなにを持って歩いていたか私は知らないが、そのうち必需品がふえた。たくさんのチリ紙である。
「杉花粉症、心から同情します。小生は、一万年前にシベリアにいたころからの構造的なハナミズ病かもしれません。ハナミズが外部に出ず（出ると凍って凍傷をおこすので？）食道に入ります。もっとも、ちかごろは九九％なおりましたが。体をあたためる漢方煎じ薬（なんという名やら不明）をのんでいるせいかもしれません。きょうは体がツメタイナ（漢方的な我流表現）と思っている日は、すこし悪し」（九三年三月の葉書）

調子がいいときは、ハナミズも元気に外に出てくるのである。

なにかすてきなセカンドバッグでも持つことにしたかというとさにあらず。提《さ》げ紐のついたデパートの紙袋に一切を詰め込んで現われることになった。

いくら高級デパートの小ぶりのしゃれた袋といっても、商品の持ち帰り用の紙袋である。それを持ってどこへでも行くというのは如何《いかが》なものであろう。「あのペーパーバッグの人」といわれるのは、いささか聞こえが悪いのではないだろうか。

最初はなんかちぐはぐだなと思ったが、こういうものはすぐに見なれるもので、気がつくと、席を立つときなど「ちょっとちょっとフクロ忘れてますよ」などと声を掛けるようになっていた。

「君みたいに頭のいい子でもこれを知らんか」

こちらが無知でばつの悪い思いをしているとき、こういう言葉で救ってくれる。

「若いんやから、こんな古いこと知ってるわけはないわなあ」

ごくたまにじつにつまらないことで、司馬さんの知らないことをこっちが知っているということもある。仕事を一休みしてコーヒーを飲んでいるとき、小ぶりのカップをかざして、突然「なんでこれをデミタスっていうの」などという。人を試すということをしない人だから、ほんとうに知らないのである。元仏文科劣等生が「フランス語の半カップ《ドウミタッス》からきているんじゃないですか」と答えると、「ふうん、さすがやねえ」などと褒めてくれる。

「『ぴあ』って雑誌があるけど、どういう意味?」

「波止場《ピア》じゃないでしょうか」

「へーえ、なるほどなあ」

まったく他愛もないが、天下の物知りが大げさに感心してくれるので、こんなことでもちょっと愉快になる。もっとも「ぴあ」は、あとで聞くと、単に響きのよさだけで名づけたようで、意味はないそうであるが。

皆なで飲み食いしているときに、司馬さんが連載中の『菜の花の沖』の話をしていて、小説の先にいって出てくる地名を度忘れしてしまったときがあった。八〇（昭和五十五）年の夏のことである。

あてずっぽうで「それは羅臼《らうす》じゃないでしょうか」というと、「そうや、羅臼や」といってから、ふしぎそうに「なんで知ってるの」と訊いてきた。いや、その、などといっているうち話はほかにいったが、また戻ってきて、「君はどうして羅臼なんていう地名を知ってるの」とふたたび訊いた。

普段物を知らない男が、あまり一般的でない地名を知っていたので、よほど不思議だったらしい。曖昧な返事でごまかしたので、そのことが司馬さんの頭にインプットされたのだった。のちになって「君は意外なことを知っているからなあ」とこの博学の人からメダルを貰ってしまった。

タネを明かせば、私の出身地である敦賀は昆布の加工が盛んな町で、羅臼の人には申しわけないが、その地のことは昆布でしか知らないのである。司馬さんがそのとき話していた蝦夷《えぞ》史などは知るわけもない。訊かれて「昆布で……」知っているといいそびれてしまった。

さて、なにをつまらない自慢をしているのかというと、司馬さんのこういうときの驚き方を知ってもらいたいからであった。少年のように無邪気といっていいほど驚くのである。これは司馬さんと話したことのある人は、だれでも経験しているはずである。自然にやっていることであるが、聞き上手の本領であるといっていい。

司馬さんは史料を読んでいてなにかに気づいたとき、こうして驚いているわけで、これが思索や創作の原動力なのだろう。さらに私は次のことがいいたい。司馬さんという人は、わりあい無造作に最上級の形容句を使うことに読者は気がついているであろう。いわく「日本史上、例を見ない……」とか、いわく「世界史でもまれな……」とか。これらはこの少年のような驚きの残響である。

東アジアには、頭を剃《そ》るという文化がある、というおもしろい話をしてくれた。女真族の辮髪《べんぱつ》や日本の丁髷《ちょんまげ》のことになって、いまはどこにも見かけなくなったという話になったので、お相撲さんの髷も外から見えにくいだけで、頭頂部は剃ってあるんですというと、「えっ、あれは剃っているの！」と芯から驚いた。

司馬さんに張り合えるのはこのあたりまでである。東アジア剃髪文化論と関取頭頂剃り込み説のちがいは教養のレベルの差というほかない。比べるほうがおかしいけれど。

「今日がだめなら、明日やればいいじゃないか」

一九八九（平成元）年の晩秋、鹿児島への旅行に随行した。このときは海音寺潮五郎記念館の依頼で、海音寺さんの郷里の大口市で講演をした。

会社のほうからは、このところの司馬さんの写真がないので、ぜひ鹿児島の歴史をとどめている場所で撮らせてもらってほしい、と頼まれていた。司馬さんに相談すると、「そんなら、異人館を背景にして撮ろうか」ということになった。慶応二（一八六六）年に日本初の洋式紡績工場に招かれた英国人技師の宿泊施設として造られた建物である。

大口での昼の講演を終えてから、鹿児島市内に引き返す手はずが、いろいろと時間が延びてしまった。はたして鹿児島に着いて写真が撮れるだけの光線が残っているかどうか、ぎりぎりであった。司馬さんと社の先輩のカメラマンと私を乗せたタクシーは、沈んでゆく太陽と競争するように、めちゃくちゃスピードをあげた。

もしものことがあったら、と私はひやひやした。事故でも起きたら取り返しがつかない、今日はやめにして、明日あらためてお願いすることにしよう、と何度思ったか知れない。

しかし司馬さんは、そういおうとする私をはぐらかすように、西南戦争のときには、このあたりでなあ、と平然と話している。「危ないじゃないか」などと運転手や私たちに苦情もいわない。

だが、残念なことに、鹿児島市内に着いたときには十一月初めの夕靄《ゆうもや》が立ち込めていた。何のための冒険的ドライブだったか、一切が無駄になってしまった。恐縮するカメラマンと私に、

「いいから、いいから、明日は一時間早起きして、ここにくることにしよう」

といってくれた。

そして翌朝、約束の時間に早起きの苦手な司馬さんが、きちんとした身だしなみでホテルのロビーに現われた。

たったそれだけの話である。

それだけではあるが、「写真はまたにしようか」といえば、私たちは残念でも、それですむ話なのであった。それなのにこうまでして、いやな顔ひとつしないで付き合ってくれるのは、約束したことへの責任感だろうか、サービス精神なのだろうか、やさしさとか親切とかといってすむことなのだろうか、私にはついにわからない。

司馬さんとはそういう人であった。

「日本人には、節度があります。気の毒なほどあります」

司馬さんは明るい人である。人を見るときでも、できるだけいい面を見てやろう、という強い意志がある。日本や日本人といった集合体についても歴史上の個人についても、人々に元気が湧くように書く。だから高度成長期に人々を鼓舞してきたかのようにいう人がいる。

しかし一方で、司馬さんは、日本人はとても優れた民族であると自信をもつのはいいが、驕ってはだめだよ、いい気になってはいけないよ、という警報を発し続けてきた人でもある。

儒教などの影響によるアジア的な停滞から幸いにして免れて、近代化に成功したけれども、うぬぼれてはいけない、特別な存在などと思ってはいけない、それは他国にさんざん迷惑をかけたとくに昭和の初めの二十年を見ればわかるだろう、といい続けてきた。

日本の文化に誇りを持つのはいい。しかし思い上がって、西洋文明や中国文明に張り合おうと試みた人は、結局は追い詰められて、神がかりな国粋主義にいかざるをえなくなる、ともいった。

「だいたい日本の文化はなんだって中国に源流がある」、日本人が発明した普遍的なものは、タスキとハチマキや、と冗談めかして発言したところ（『対談　中国を考える』）、ハチマキは大陸にもありました、と投書がきたそうで、大笑いになったことがある。

司馬さんによると、「昭和三十年代から日本の土地の病理現象が激しくあらわれはじめたが、個々のモラルにいたるまで日本の社会のすべてに癌症状を呈しはじめたため、一般にそれらの諸症状にとらわれ、対症観察に追われ、すべての症状の病根が土地制度の不合理さ、あいまいさにあるとは、わりあい気づかれていなかった」。資本主義は物を作って利潤を上げるべきものなのに、民族を挙げて不動産屋になり、「基本的にいえば人間の生存の基礎である土地が投機の対象にされるという奇現象がおこった」（『土地と日本人』あとがき）。

この発言は一九七六（昭和五十一）年で、はやばやと日本人の変質に警鐘を鳴らしている。

当時「近所の農家でも坪何十万円という土地にネギを植えている」と憤慨していた。「日本列島改造論」など、論だけだと思っていたら、不動産屋の親玉みたいな首相が「本当にやりやがった」と嘆いていた。

その年の手紙にこう書かれている。

「小生は土地問題にここ十年ほど関心をもっていまして、自分が世の中に対してできることはこれだけしかないと思い、すこしでも人々の関心がそこへ行けばよいと思いつつ、対談もそのつもりでやってきました。(遅々としてきましたが)

そこで、

『土地問題』

という主題の対談集ができるように、変な話ですが、中央公論に頼みこみ、目下進行中なのです」

みずから出版社に頼み込んで、『土地と日本人』という対談集を刊行するにいたっている。

この問題については、司馬さんのものを読んでもらえばいいことなので触れないが、世の推移は司馬さんのいったとおりに、そしてその日本人への信頼を裏切る方向に進んでいった。

しかし、この人はあきらめない。九一(平成三)年の手紙に、

「イトマン事件、世の爛《ただ》れを思わせていやですね。

日本人には、節度があります。氣の毒なほどあります。それをうしなうと、ああなるわ

けで、二十年前『土地と日本人』を書いたときに予感したおそれがことごとくでてきたおもいで、暗然としています」

と書きつつ、べつの手紙で、

「諸事、世の中が大変で、疲れます。どうやら日本の繁栄も、終ったような氣がします。バブルが最後でしたから、なにやら実を結ぶことなく、成熟することなく、このまま無意味な混乱がつづくのでしょうか。

右、悲観論にあらず」

と、希望を捨ててはいない。

しかし、この悲観しない人が、自分のことについては、

「私の人生は、すでに持ち時間が少ない。例えば、二十一世紀というものを見ることができないにちがいない」（「二十一世紀に生きる君たちへ」・『司馬遼太郎が考えたこと』14ほか）

と早くも八九（平成元）年に述べているのは、どうしたことだろう。

「小生の小説をわかってくれるのは……」

八七（昭和六十二）年の七月に貰った葉書の中に、「小生はむかしから、たれでもわかる

（むろん自分がわかる）小説を書いてきて、そのくせ〝たれも自分の小説がわからない。日本中で三人ぐらいだろうか〟と私《ひそ》かに思いつづけてきました」というくだりがある。

司馬さんでもそう思う瞬間があるのかと粛然とする。

小説を書くというのは、あまりにも孤独な作業である。ペンキを塗ったり、煎餅を焼いたりすれば、自分がどのくらい仕事をしたかわかる。しかし小説など、読者を得なければ何年かけて書こうが、どれだけの情熱を注ごうが、存在しないのと同じなのだ。

同人誌に書いている修業時代のことを、「孤島でビンに手紙を詰めて海に流しているのと同じ気分だった」と私に語った高名な作家がいる。そうして蜘蛛の糸を伝ってほんの一握りが世に出て、あとは死屍累々である。

作家として世間に知られるようになっても、それを継続してゆくのが、また大変だ。一作で消えていった作家が大勢いる。高額納税者番付の上位者を見て、ずいぶん作家って実入りがいいと思うのは早計で、かりに作家の所得が三百位まで発表されたら、みんなが驚くであろう。収入だけからみれば、職業として人が羨むものであるかどうか。

社会的に高い評価を受けていながら、自殺したり性格破綻者になったりするものがもっとも多い職業ではないだろうか。あるタイプの小説など、一本のロープ、一本の蠟燭を持って古井戸にいま一歩降りても引き返せるのか、確かめながら入り込んでいく際どさがあって、狂気すれすれで成立していたりする。

司馬さんという人はいつも明るい人で、容易に弱音を吐く人ではないが、これだけ読者がついていても、やはり書くという作業には孤独感が噛みついてくるものであろうか。

亡くなってから、書斎の執筆机に坐らせてもらって外を見ると、庭に冬枯れの木が風に揺らいでいる。雑木林というのが司馬さんの好みだった。七九（昭和五十四）年にここ（東大阪市下小阪）に引っ越したとき、担当の編集者たちが招待された。

「柿の木といったふうな実のなる木が一本もありませんね」

と訊くと、

「庭というのはそういうものらしいよ」

と応えたのを思い出す。花を愛でる木もないのではないか。タンポポが好きで、自分で庭に植えたことがあると書いていた。菜の花も好きである。春の黄色い花が好きなのである。ただ群生していないそれらの花は、侘しいばかりであろう。

この寂しげな雑木群で目を休めながら、孤軍で奮闘していたのかと思うと、胸に迫るものがある。多くの人がこの人のものの見方を頼りにしたのだ。「司馬さんなら、これをど

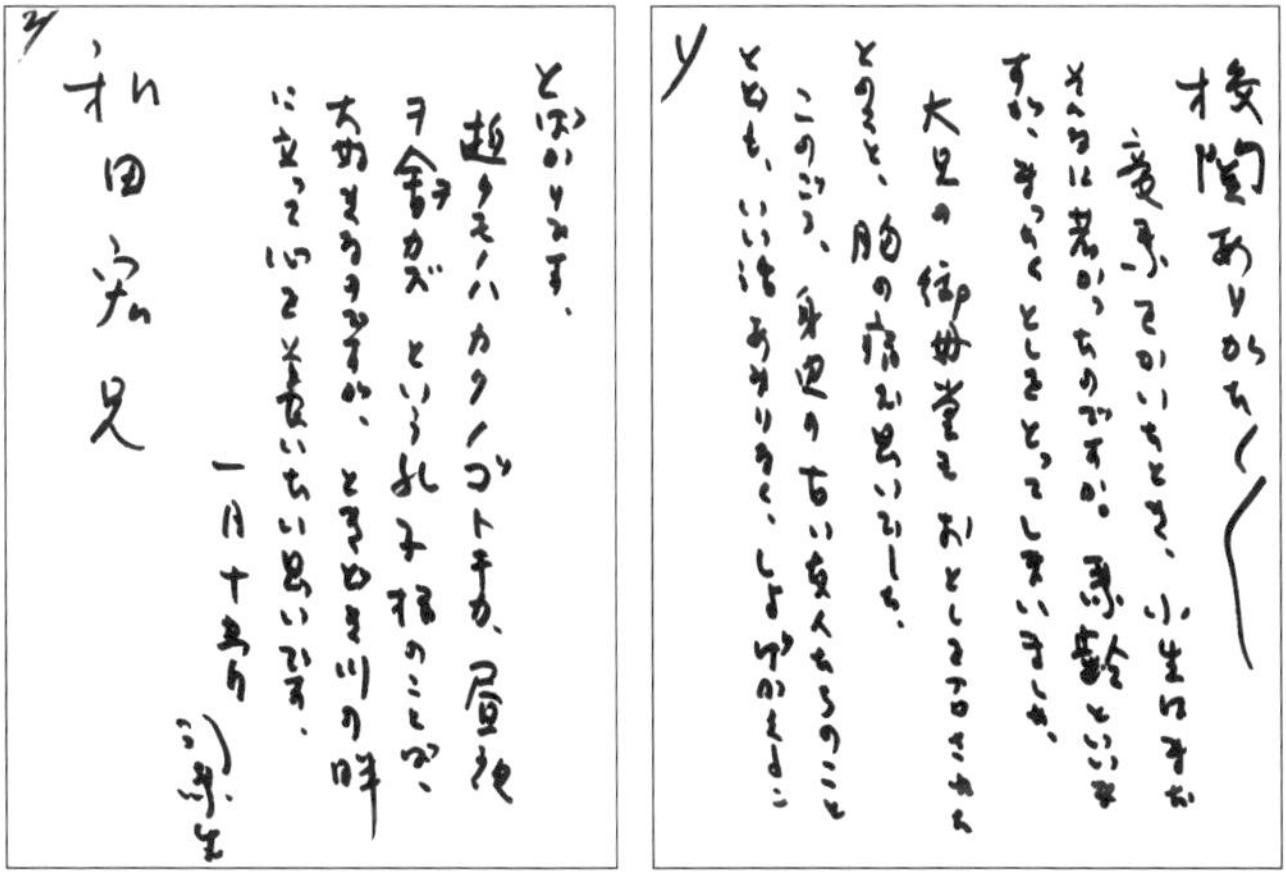

サインペンで書かれた手紙はめずらしい

う見るだろう」と当てにした。心強い存在であった。司馬さんはときにこの圧力で背骨がたわむ思いをしたことであろう。

「花神《かしん》」とは中国で花咲爺さんのことをいう。司馬さんは村田蔵六（大村益次郎）を書いた小説にこの題をつけた。日本の津々浦々の枯れ木に花を咲かせる役目を村田が背負ったと見立てたのである。その「花神」とは、司馬さんのことでもあった。

こんな手紙もある。

「このごろ、身辺の古い友人たちのことなども、いい話あまりなく、しょげかえることばかりです。

逝クモノハカクノゴトキカ、昼夜ヲ舎《ヲ》カズ、という孔子様のことば、大好きなのですが、ときどき川の畔に立って心を養いたい思いです。　一月十五日　「司馬生」
日付をみると、六十二歳のときである。私はもうその歳を越えてしまった。

II

創作の現場近くで

奈良女子大近くの古書店に立ち寄る

「君たち元文学青年とは、文学論なんかやらんぞ」

文芸担当の編集者たちと話すとき、よくこういった。若いころ、将来小説を書きたいと思っていたかどうかは別にして、いわゆる文学青年たちとは意識的に距離を置きつづけてきたのは事実らしい。

私が「司馬遼太郎」という名前をはじめて知ったのは、直木賞を受賞した一九六〇（昭和三十五）年のインタビュー記事であった。私は田舎から東京に出てきたばかりで、二十《はたち》になっていなかった。生意気盛りの若者にとっては、「いかにも時代小説作家といった、なんて古臭い名前だろう」と思えた。

こんな本名はまずないから、ずいぶんかび臭いペンネームをつけたものだ、この人は髪を伸ばし、鬚をはやして、ぞろりと着物を着流した人にちがいない、とも思った。これも偏見だが、山手樹《き》一郎《いちろう》や山本周五郎といった名前を連想した。

一郎とか太郎とかが古臭いというのではない。むしろこのころ文学の世界の革命児ともてはやされていたのは、石原慎太郎であり、大江健三郎だった。

先の記事には作家の言葉も載っていて、「私は作家になろうと思っていなかった」とあった。これも田舎出の小説好きの若者の印象を悪くした。若者は、作家というのは弱小のころより血の滲むような文章修業に耐えてなるものだと思い込んでいた。この作家はせいぜい二流止まり、どうかするとそのうち消えてしまう作家だろうと考えたのだから恐ろしい。

この件については、のちに若者は思ってもみなかったことに、文芸関係の編集者を生業《なりわい》として三十数年過ごすことになったので、考え方がずいぶんと変わってしまった。文章の勉強は必要ではあろうが、修業をしても下手な人は終生下手で、うまくなる人は放っておいてもうまくなる。ほとんどが持って生まれてきたものである、という長年の仕事の苦労を放棄する結論に達している。

編集者にできることとは何だろう。三流の人をせめて二流にというのがせいぜいかも知れない、というのは冗談だが、編集者が作品の出来にかかわることができるのは五パーセントを越えることはない、と思っている。これまたパーセントでいうのもおかしなものだけれども。

ただ「司馬遼太郎」という名前は、そのあとのあまりにも輝かしい実績のためイメージが定着したが、虚心にながめると、若かった司馬さんの気負いが感じられる気がする。「司馬遷遼《はるか》なり」、司馬遷ははるか彼方にある、とてものこと遠く及ばないという意味にとるのが正しい。が、いまでも「司馬遷をはるかにこえる」という意味でつけたペンネームだと誤解している人がおり、意図が逆に取られる虞《おそ》れがある。こんなことは、だれにでもわかる文章というものを生涯心がけていた司馬さんにはめずらしい。

さすがにこのペンネームでよかったのですかとは聞いたことはないが、聞いても返事は決まっているような気がする。「名前なんかどうでもええがな」

とにかく本名の福田定一がいやでいやでしようがなくて、それから離れられてほっとしたという人なのである。

最近になってから、ペンネームについて書いた文章を知った。ずいぶんむかしのもので、それには懸賞小説を書いて、急に筆名が必要になってつけたのが、入選したので固定してしまった。「私の好みとしては、もっと平凡な名がすきなのだが」と書いている。

「なにせ太宰治をずっと『ダザイ・ジ』って読んでたもんな」

いかに「文学」というものに疎かったか、文学青年ではなかったかを説明するときに、よくこういった。それじゃお寺の名前みたいじゃないですか。

「文学」に暗くても、この好奇心旺盛な青年が太宰を知らないわけがないと思うのだが、たまたまそういうことがあったのかも知れない。なにせ文学好きを遠ざけていたので、訊く相手も訂正してくれる相手もいなかったのだから。

後年になって、

「太宰は全部読んだよ。君らより三、四十年は遅れとるな」

と苦笑した。みどり夫人が太宰ファンであったこともあって、太宰には精通した。「君らかつての文学青年の前でとてもじゃないが、文学論はできん」といっていたが、晩年はさかんに太宰論を話した。

ここでそれを書けば、かならず司馬さんのいったことと違うことを書くと思うので書かない。ひとつだけ印象に残っていることを書く。

「西洋の作家は、肯定するにしろ否定するにしろ、キリスト教下の倫理というものを意識に持っているが、太宰は日本の作家にはめずらしく自分の作品の中に『倫理』というべきものを持っていた。かれが倫理的人間だというのじゃないよ」

これもたぶん正確ではないであろう。あまりに熱心に語られることがあったので、「お書きになったらどうですか」といったら、ひどく照れくさい顔をして、「そんなん、研究家の人たちがいっぱい書いとるやないか」恥ずかしくてこんな持論など発表できるか、ということだった。

「蝶々トンボも鳥のうち……」

司馬さんのサラリーマン生活は恵まれたものではなかった、と想像する。産経新聞には幾つかの小新聞を経てから入社している。自ら「筋目卑しき野武士あがり」といっているくらいだから、口にはしなかったが、いろいろとおもしろくないこともあったにちがいない。

「いまは文化部、学芸部というのはむしろ主流といっていいけど、文化部へ廻されたとき、『蝶々トンボも鳥のうち』とがっかりした。あのころはなにせ社会部で、火事があったら走っていくというので記者になったんだから、もう落魄の思いでしたね。三十歳でしたけど、車庫入りという気分だった」。そこで小説でも書いてみようか、という順序になる。

サラリーマンというのは、一面では理不尽な目に合わされることで給料をもらっているといえるから、司馬さんのように、苦労したサラリーマン生活を経て作家になった人は、他のサラリーマン（たとえば編集者）にやさしい、と私は三十代まで思っていた。が、四十代になって、あまりにも例外が多くなり、この法則は破産してしまった。

「物書きが書いた分量がわからんでどうするの」

全集を担当する前に、じつは私は入社した年の秋、一九六五（昭和四十）年に「週刊文春」連載の『十一番目の志士』という小説で、一度司馬さんの係を経験している。途中から引き継いで最後まで務めたが、週刊誌編集部の初年兵などは人並みに扱われない。担当でありながら、この間雑用ばかりで、司馬さんとゆっくり食事したこともなかった。二、三度お茶を飲んで雑談しただけだから、前から見ると真っ白な髪の毛が、後ろのほうはまだごま塩だったのを憶えているだけで、顔も思い出せない。東京在住の作家だったら、たびたび会う機会があっただろうにと思う。

最初に司馬さんの生原稿に出会ったのは、このときであった。ふしぎな書き方だった。まず四百字詰め原稿用紙の最初の五行ばかりをあけて書き始める。そしてやはり五行ばかり残したところでつぎの用紙へいく。ただ字は桝目よりかなり小さいので二百字しかないということではない。

さて、それから削ったり、横に書き加えたり、さらにその場所からペンを前後の五行あきのところまで持ってきて吹きだしを作る。その上ペンだけでは間に合わなくなって赤鉛筆を使う。後年には赤鉛筆でも足りなくなって、青、緑、黄、紫などの鉛筆を動員するものだから、七色の原稿が出来上がった。

『十一番目の志士』のころはまだ赤鉛筆どまりだったが、それでもむやみに書き加えてあるページがあるかと思うと、全滅に近いほど消し潰してあるページがある。週刊誌の連載小説の原稿の分量は、いまは活字が大きくなったり、挿絵のレイアウトに凝ったりしているので少し減ったと思うが、当時はほぼ四百字詰めで十八枚はたっぷり必要であった。

司馬さんの原稿はそのような書きっぷりにもかかわらず、活字に組んでみると毎回測ったように十八枚分であった。これが奇妙で、どうしてこうもうまくいくんだろうという私の疑問についての答えが前記である。

いまでも作家はそういうが、新聞連載より週刊誌連載のほうが書くのが辛いらしい。新聞小説も二段組だったのが、いまは一段組になって、一回分三枚から二枚半くらいに減ったと思うが、当時の計算でいくと一週間分は三×七で二十一枚だから分量は週刊誌より多い。しかし毎回山場を盛り込んで、一気に十八枚書く週刊誌は大変なのだそうだ。

また、あのころは東京以外に住んでいる作家にはハンデが大きかった。もちろんファックスはないから原稿そのものを送らないといけない。東京の作家より一日二日締め切りが早くなってしまう。司馬さんの原稿は航空便で届くので、新橋近くの汐留《しおどめ》の日通営業所に毎週原稿を受け取りに行った。

当時は便利なコピー機もない。どうしてもコピーしようとしたら、建築家の設計図のように、作りたては液でべとべとしている青焼きしかない。だからまず生原稿を持って挿絵画家のところへいき、その場で読んでもらう。司馬さんは一日早く原稿をくれたので、校正刷り《ゲラ》で画家に渡せた。担当の画家は中尾進さんで、当時、時代物の挿絵画家の第一人者だった。

少し先の話を挟んでしまう。七〇（昭和四十五）年に、司馬全集の担当を命じられ、司馬さんと再会するが、この全集の装丁を最初にお願いしたのがやはり中尾さんであった。ところが、翌年に中尾さんが急逝してしまう。その直前、とても重い病気で助からない、装丁などできないというまわりの人からの知らせが来て、自宅へ見舞いに行った。

すると本人が寝室から出てきて、こういう装丁にするつもりだ、というプランを示してくれた。枯れ木のように細い手だった。胸が詰まった。仕事に対する執念と義務感とはこういうものかといまでも襟を正す思いだ。

話を戻す。印刷所に渡した原稿は、翌日あたりにゲラになって出てくる。司馬さんへは次号の執筆のために、これの一部を速達で送るのだが、週刊誌は忙しいから、その時間に外出していることが多く、人に発送を頼んでしまう。頼まれた人もせわしないから、ここで行き違いがおこって、ゲラが送られてないことが、三度ばかりあった。人のせいにしているが、私の無能ゆえである。

次の締め切りの二日前あたりに司馬さんから電話がかかってくる。

「おーい、前のゲラが届いてへんぞ」

目の前が暗くなった。しかし司馬さんは怒らなかった。

「前の回の最後の二行読んでくれ」

あわてて読むと、わかった、それで続きを書ける、いつもどおり原稿送るから、とそれだけだった。

編集者のほうも大変だった。悪筆の作家の原稿は印刷所が読めないからいちいち書き直していた。ワープロ原稿が増えたいまではさすがにそういうことはわずかになった。

よく事故が起きなかったものだ。汐留からの帰りのタクシーに原稿を置き忘れたらすべて終りであった。

「そんなもん、いらんから和田君にあげるわ」

ときはそれから四半世紀近く経って、私は『十一番目の志士』の原稿に再びめぐり会うことになる。

社屋の地下に倉庫があって、その一室に古い原稿が保管されてあった。一九七〇（昭和四十五）年ごろから、掲載ずみの原稿は作者に返すことが徐々に実施されていったので、八〇年代以降の原稿はほとんどない。その後もときどき事件になったが、高名な作家の生原稿には法外といっていい値がついて、市場に流出したことから、どの出版社でも用がすみ次第、返還することが当然のようになった。昨今になると、ワープロ原稿が、しかもファックスで送られてきたりするのでこのような虞れがなくなったのであるが。

八〇年代の後半に、さすがに倉庫の原稿をいつまでも保管しているわけにもいかない、となって、お返しする作業が進められていった。司馬さんのものも段ボール箱に詰められてずいぶんとあった。

あのころ、六〇年代の後半は司馬さんも四十代半ばで、小説についてはもっとも充実していた時期といっていい。新聞、月刊誌、週刊誌に連載するかたわら、季刊である「別冊文藝春秋」に『最後の将軍』『殉死』などなど毎号のように問題作を発表していた。

それがそのまま出てきた。分載されたので一回分百数十枚ほどだが、それがきちんと紙こよりで綴じてある。それを一枚一枚めくってゆくと、ぞくぞくするほどの才能のきらめきと気迫が伝わってきて、胸が熱くなる。『十一番目の志士』はさすがになつかしい。原稿の上に、若い私の下手な字で印刷所への指示が書いてある。

原稿たちは司馬さんに相談して、あちこちの文学館に嫁入りしていった。かねてより司馬さんのもとに、ほしいという要望があったのであろう。そして『十一番目の志士』のみが残った。折を見ては行き先の指示を仰いだのだが、なんとなくそのままになっていた。

あるとき電話でみどり夫人と話をしていてその話になったら、「ちょっと待ってね」と書斎にいる司馬さんに聞きにいってくれた。その返事が冒頭のものだった。夫人によると、司馬さんはそのあとちょっと間をおいて、「しかし、そんなん貰《もろ》ても、困るやろなあ」といっているとのことだった。

「たしかに、和田さんもいらんよね」といって、夫人は、ははは、と笑った。

ところで司馬さんは私のことをいつも「和田君」と呼ぶ。近しい人を呼ぶときはたいてい「さん」か「君」をつけてその姓で呼んだ。たまにごく古くから付き合いのある人は、愛称をチャン付けで呼ぶこともある。この一文ではいちいちわずらわしいので、「君」だけにしたが、司馬さんが、二人きりでいるときでも「キミ」と呼ぶのは、ほとんど聞いたことがない。

さて、『十一番目の志士』は「不当な扱い」を受け、段ボール箱に入れられたまま部内のカギのかかる本棚にしまわれて、ときを経る。二〇〇〇（平成十二）年になって、司馬記念館へ送った。記念館が着工されることが決まり、一歩を踏み出したばかりだった。結局はこの原稿が一番しかるべきところに収まったことになる。

ちなみに本書で引用した司馬さんからの手紙類もすべて記念館に寄託した。私の手もとにあるのは、そのコピーである。

司馬遼太郎記念館は小ぶりながらとても感じのいいものである。ぜひ訪れてみてほしい。

東大阪市下小阪三－一一－一八

電話〇六－六七二六－三八六〇

「史料は自分で読むしかない」

凄まじいといっていいほどの司馬さんの取材力に、秘書がいて史料の仕分けをしたり、メモを取ったり、取材ノートを作ったりしているのではないか、といったことがよく囁かれた。私自身も「あの人には取材する人が大勢付いているんだろ」と訊かれたことが何度もある。それについての答えが右であった。

『坂の上の雲』第六巻の「あとがき」に以下の文章がある。司馬さんの小説を語るとき、重要なので引用してみる。

「この作品世界の取材方法についてだが、あれはぜんぶ御自分でお調べになるのですか、と人に問われたことがあって、唖然としたことがある。小説の取材ばかりは自分一人でやるしかなく、調べている過程のなかでなにごとかがわかってきたり、考えがまとまったり、さらにもっとも重大なことはその人間なり事態なりを感じたりすることができるわけで、これ以外に自分が書こうとする世界に入りこめる方法がなく、すくなくとも近似値まで迫るのはこれをやってゆくほかにやり方がない」

『坂の上の雲』の準備、そして執筆時は、東京・神田の古書店から日露戦争関係の本が消えたといわれた。あのころ自宅に伺うと、玄関の沓脱《くつぬ》ぎまで本が雪崩《なだれ》をうって堆積していた。おやと思う俗っぽい、古い講談本まであった。

自分でも古書店を経営していた作家の出久根達郎さんが、その蔵書を見た感想を、司馬記念館での講演で話したが、第一級史料に混じって、子供向けやガリ版刷りの本まである、と述べている。『坂の上の雲』の場合は、「日露戦争」という言葉が一つ出ていればそれらを全部という史料の注文の仕方をしたそうで、そういわれると、古書店も日の色が変わる、中身で選り分ける面倒がなくて、儲かるからだそうである。それを「ご自分の目で見て、玉と瓦を選り分けるのです」と出久根さんはいう。

専門家の意見だけに、なるほどと思った。これでは有能な秘書がいたところで手を出せない。出久根さんは「おもしろいものを書く作家はこうでなければいけないんですね」と話しているが、こうして集めた巷説・伝説の類いを使うのが、司馬さんは実にうまい。というより司馬さんにしかできない独特のところがあるので、私は編集者として、若い時代・歴史小説作家に、こういうところは司馬さんを読んでも勉強にならない、といった憶えが何度もある。

小説という器は中華鍋に似ていて、材料や量の如何を問わず、なんでも調理できる。要はコックの腕次第なのである。

「事実《ファクト》をいくら積み上げても、真実《トゥルー》には至らない」

これは司馬さんがよくいった言葉のひとつである。意味は前項と同じ軸の上にある。

司馬さんの史料の読み方は半端ではない。それをもとに推理し論理を積み上げ、最後は直感によって事実に肉薄する。しかしそれだけでは小説にならない。論理や直感で穿《うが》った穴に想像というダイナマイトを仕掛けなければならない。

どういうことかというと、読者の頭の中のスクリーンに真実を浮かび上がらせるために、じつに大胆に巷説や風説、伝説といったものを使う。これはむしろ事実から離れる行為でありながら、巧みに使うことによって真実の姿を表現しようとする試みで、ひとつ誤ると目も当てられないことになる危険な技術である。生半可な技量や知識ではやらないほうがましなのだ。

間違いを恐れないで、『坂の上の雲』から例を挙げてみる。

秋山好古《よしふる》は大のつく酒好きということになっている。日清戦争のとき、敵と遭遇して兵を散開したものの、次第に不利な状況に追い込まれてゆくというところがある。好古は酒を飲みながら戦況を見つめていたが、撤退を命じない。

「秋山さんはあのとき酔っ払っていたのだ」

と、のちにいわれたとある。もしこれが本当なら軍法会議もので、こんなことはありえない、と私には思える。これは好古という無類の酒好きの英雄に対しての、人びとの好意を含んだ噂話にすぎないのではないか。

いかに酒好きであったかという伏線はいくつも張ってある。弟の真之《さねゆき》が兄の下宿に転がり込んできたときに、茶碗がひとつしかないので、弟がメシを一杯食うのを待っていて、空くとそれで酒を飲む。そしてまた弟がメシを食い終るのを待っている、といった話も紹介している。こんなことも事実とは取りにくい。たまたま弟の使った茶碗で酒を飲んだという程度のことだったと思うのだが、これを書くことによって、この二人の関係の生の姿が彷彿としてくる。これが物語の真実というものだろう。

もうひとつ例を挙げる。日露戦争時、沙河《しやか》の会戦で苦戦に陥って司令部がパニックになって騒然としていたとき、総司令官の大山巌《いわお》が昼寝から起きてのっそり部屋から出てくると、「今日もどこかで戦《ゆつさ》がごわすか」とのんびりいったので、急に司令部の空気が和《やわ》らいだとある。これも本当ではあるまい。その証拠に、あとの会戦でも似た話が出てくる。

手形が落ちるかどうか青くなっている役員会に、遅れてきた社長が「今日の手形は落ちますか」などといって和《なご》んだ雰囲気になるはずがない。司馬さんはこの場面までに、巧みに大山の茫洋とした人物の大きさに伏線を張っている。あの大山さんならそれはありうる、といった風説が当時信じられていたのであろう。それをタイミングよく使うことによって、何ごとかの真実を読者に伝えようとしている。

下手にやると、講談調《はりおうぎ》になってしまう。司馬さんが使う逸話《ウキ》の下には歴史観《オモリ》がつけてあるのだった。

司馬さんのこういううまさは、じつはよく指摘されるところでもある。では逆の場合はどうか。

逆とは、伝説というキナ粉まみれになって、事実という餅の肌がまるでみえない「義経」や「秀吉」をどう司馬さんは扱っているかということである。牛若丸と弁慶、日吉丸と蜂須賀小六の出会いは劇的であるはずが、司馬作品ではひとつも華やかではない。しかしながら、本当のところはこんなものだったのだろうなあ、と思わせてしまう説得力がある。司馬さんがどうやってキナ粉を落としていくかについては読んで貰うしかない。

「〝閑話休題〟」

先ごろ、司馬さんの初期の短篇で、本には収録されていないものを読む機会があった。これらはそれまでの時代小説の骨法《こっぽう》を司馬さんが踏襲しようとして、すなわち駆け出し作家として注文に応えようとして、短い中にもかならず濡れ場と剣戟の場面を入れてある。

身を屈める思いであったろう。

『竜馬がゆく』はそんな中、出身の産経新聞の水野成夫社長がこの作家を抜擢して、資料代をふんだんに使えるよう原稿料をうんとはずんで思う存分書けるように手配したという。慧眼というものだろう。司馬夫人になったばかりで、同じ社にいた松見みどり記者は、なんでこの人をそんなに優遇するのだろうとふしぎに思ったという。

『竜馬がゆく』の書き始めをみると、泥棒である寝待《ねまち》ノ藤兵衛《とうべえ》や遊女の冴《さえ》などを登場させて、あきらかに旧来の時代小説作法を踏襲している。が、連載を開始して、ちょうど一年たったとき、突如「閑話休題」と称して、時代背景の解説を入れている。このとき作家の中でなにかが弾けた。いままでとは異質の大作家司馬遼太郎の誕生の瞬間であった。

坂本竜馬の恋と剣の物語ではすまなくなってしまったのである。幕末の政治状況の綿密な説明抜きでは、もうどうにも小説は立ち行かない。作家の出久根達郎さんによると、『竜馬がゆく』の登場人物は、一一四九人にのぼるという。旧来の小説手法は破綻してしまった。泥棒も遊女も必要なくなり、古い時代作家というシャツと一緒に脱ぎ捨てられてしまうのである。

それだけではない。ここで司馬さんは、自分の歴史観を小説の中で展開しても、読者はついてきてくれるという確信を持ったのだと思う。これ以後、司馬さんは自信を持って、存分に「余談」を書く。司馬文学の魅力のひとつである。

作家の山口瞳さんの有名な司馬評がある。小説家というのは患者で、評論家が医者だと思っていたら、「司馬遼太郎は、いきなり、医者として登場した」。驚異であり、意表をつかれたという。歴史の事象を捉える司馬さんの手法に、「読者は、まず、ガラス越しに精密で正確な手術を見学しているような思いを抱かせられるのではあるまいか」。

……それでも司馬さんは、まだこの最初の「閑話休題」のとき、それを気にしたのか、連載の次回の冒頭に、「攘夷ばなしで、つい話が理におちた」とちょっぴり「反省」している。

「やっぱり『論語』かなあ」

司馬さんの文章の基調にあるのは、漢文脈であるときちんと最初に指摘したのは、文芸評論家の向井敏《さとし》さんではなかったか。

子どもに漢文を暗誦させることの意義を話していて、それじゃ一番初めに素読させるのはなにかと聞いたとき、こう答えた。ちょっと驚いた記憶がある。私の子どもがまだ小さかった一九八〇（昭和五十五）年ころのことであった。

一瞬、儒教の教育をするのかと思ったからだが、司馬さんのいうのは次のことだ。漢文というものを日本語として読み下す方法を発明して、千数百年も磨きに磨いてきた独特のリズムを体に染みこませるには、まずはこのことについては伝統のある『論語』がいい。そしてこのリズムこそ日本語教育に大事なことだという。したがって、これは音読させなければ意味がない。歴史をみればついこの間まで、子どもたちが寺子屋で中身は理解できないまま、最初に素読させられてきたのがこれであった。

また司馬さんは、漢文を読むことによって世界観を持てた明治までの人たちのバランス感覚と、その衰退によってもたらされた知的退化を指摘したことがある。中国文明の持つ普遍性に触れることによって、日本人は多くのことを学んできたのである。日本では長い間、「人間のさまざまな典型については自分の社会の実例よりも、漢籍に書かれた古代中国社会に登場する典型群を借用するのがつねであった」（『項羽と劉邦』あとがき）。

これと関連あることだが、司馬さんは、「日本人が中国の史書から学んできた『後世意識』も同時に失ったのではないか」といったことがある。「後世意識」とは「いま行っていることは、のちの時代にどう評価されるかを意識して出処進退をきめる行動規範、もしくは行動美学」といっていいだろう。いうまでもないことだが、なにものちのちの評判を気にしろということではない。すべての事情が公になり、あまねく知られても、自らの行為に恥じるところがないか、やましくはないか、潔いかを意識することであり、中国の史書には伝統的にこういう人物が好んで描かれている。

司馬さんの発言は、まずは後世どころか、すぐに底の割れる謀略を重ね続けた、昭和になってからの帝国陸軍の高のくくり方、臆面のなさに対してであったであろう。しかしこれは現在にいたるまで、自分の得になることしか考えず、バレなければいい、都合の悪いことはなんとか隠蔽しようといった政治家、官僚、企業家から庶民にいたるまでの精神の荒廃に結びついている。司馬さんはこれに対して最期まで警告を発し続けていた。

ところで、中国の古代をおもな小説のテーマにしている宮城谷昌光さんに触れた私あてのハガキがある。

「御手紙のなかに出てきます宮城谷昌光のお仕事には驚嘆する思いでいます。とくに『重耳《ちょうじ》』『晏子《あんし》』がすばらしく、ぬけぬけと漢文的世界を、それが通じないと思われていたいまの世に展開する魂の大きさになによりも打たれます。小生、多少漢文のナマカジリあり、と自分で思いつつも、それは無用のことと思っていました。同時に、世代的には自分が最後かと思い、さびしく思っていました。それが、宮城谷さんの登場で、さらにはその旺盛な創作活動で、ひがごとだと知り、青天を仰ぐ思いでいます」

消印は九四（平成六）年の暮。

「題材によって文体を変えるように心がけている」

だれも『義経』と『空海の風景』が同じ文体とは思わないだろう。肉を捌《さば》くには鋭利な刃物が必要だが、骨を截《た》つには鉈《なた》のほうがいい。作家はいろんな道具（文体）を持っているに越したことはない。また発表媒体が新聞か、週刊誌か、月刊誌かで司馬さんは書き方が違う。これは小説を幾つか読むと、どの媒体に発表したものかすぐに見当がつく。

原稿の書き方については前に触れたが、年を追うごとに字は小さくなっていく傾向があった。聞くところによると、『空海の風景』などは密度の濃い文章を書くために、細かい字でびっしり書いてあったようだ。一枚の原稿用紙に五枚分も六枚分も、いやそれ以上詰め込んだにちがいない。そのまま印刷所に渡しても、とても活字に移せないから担当編集者が書き直したという。

司馬さんは自分の原稿が書き直されないと印刷所が困ると聞いて、ショックだよ、といっていた。字は読みやすく書いているという自信があったのだろう。しかし細かい上に例によって何色もの鉛筆が使ってあっては、間違いが起こりやすいのは事実で、それを書き改める方が事故を未然に防げる。のちに『この国のかたち』などの連載も活字にする前にワープロで打ち、それに手を入れてもらっていた。

印刷所も昔は名人かたぎの職人がいて、どんな字でもこなしていたが、いまは若いオペレーターがコンピュータに入力する。エラーを防ぐのにだんだんと手間がかかるようになってきた。印刷所のせいにしたが、編集者も手書きの字が読めなくなってきている。

司馬さんの字は読みやすいが、ちょっとした癖がある。そのため、たとえば「右」と「左」の誤植が多くなる。方向のことだったら編集者でも見当がつくが、無名の人の名前などの場合はお手上げになる。右兵衛とか左衛門とかになると、判断がつかない。当人もどの史料で見たのか、憶えていない場合が多い。一番最初の新聞連載の間違いが、ずっと単行本、文庫本、全集に至るまで残っていたということもある。

あまりに手を入れて、主語を変えたため、「てにをは」が修正されないまま残ってしまうエラーもある。

言葉の癖として、「ぼう然」「ぼう大」などと書く。「ばく大」とも書く。同じページのなかに「かんがえる」と「考える」があったりする。「適当に統一しといて」というが、これは書いている時のリズムだから統一しないほうがいい場合がほとんどだと思う。「戰」「讀」と旧字を書くが、旧かなを使うことはまったくない。また「誰」の読み方を「たれ」と決めたのは、全集から。

「小生には、畠山さんというのを北畠さんとよぶまちがいぐせがあります」

ちょっと待ってくださいよ、先生、といいたくなる。おかしなクセはやめてください。本になってから、どこからか訂正の要求があったのである。

「荘司→庄司、安田→保田、後藤→五島」と直してくださいという盛りだくさんな訂正もある。これは『翔ぶが如く』についての訂正。「しかし、子孫の方というのは、いらっしゃるものですね」とその葉書に書いている。先祖の名前が違ってます、という抗議があったのであろう。

こういうのはどうして編集者がチェックできないのだといわれそうだが、一般に無名の人は調べようがない。司馬さんも書きまちがえたのではない、史料を見て書いたのにちがいないのだが、昔の本というのは結構おおらかなところがあって、平気で当て字を使ったりしている。

「小生書きまちがえて、杭州はペケ、寧波《ニンポー》になおします。本のときによろしくおねがいします。寧波（明州）は『空海の風景』にも書き、のちわざわざ浙江《せっこう》省寧波までいったのに、うっかりしたことでありました」

　これは『この国のかたち』のまちがいで、雑誌掲載時に投書がきたのである。知らずにまちがえている私などとはちがって、知識が多すぎるための勘違いが細かいところでときどきある。

　一度、私の手紙に返事を書いて、それと私のその手紙を同封した封書を貰ったことがある。意外にそそっかしい。


「日本はいけませんね。たがいに生っ粋の日本人なのに差別している」


　司馬さんは一度、部落解放同盟から差別表現について抗議を受けたことがある。歴史・時代作家はかなり自覚がある人でもミスを犯しやすい。時代感覚のずれとたえず向き合わねばならないからだ。八三（昭和五十八）年のことである。

　七〇年代、八〇年代はとくに多くの出版物について差別表現が糾弾された。たしかに出版社自体、差別表現に対して無神経と不勉強で同じ失敗を繰り返した。このほとんどは責任が出版社にあって、被差別者と作家の両方に謝らなければならないと思っている。とにかく作家とはその件については話し合う機会が少なすぎた。作家の方でも避けていた節がないでもなかった。

その中で、司馬さんは一人で抗議を受けた解放同盟の京都支部の集会へ出かけていった。司馬さんからわれわれにはなんの相談もなかった。驚くべき自覚で、たいていはこういう場合、出版社が作家をかばって集会に出させないようにする。これが同じ過ちを繰り返す原因にもなっていた。

司馬さんの部落問題に対する考え方は、『胡蝶の夢』という作品で示しているからここでは触れない。が、このあとそれまで五十巻出ていた全集について、差別表現の見直しを行い、司馬さんは積極的に参加した。いまでも差別表現が残っているとしたら、われわれの網の目が粗かったわけで、司馬さんには責任がない。

司馬さんが差別に対する自分の考えを簡潔に述べた手紙があるので、紹介する。

「このように差別語を検討していますと、明治維新はまさに革命でしたね。むろん差別はつづいていましたが、民法・刑法からは消滅しました。これだけでも偉大であります。

ヨーロッパにもむろん差別はありましたが、日本の江戸期みたいな陰気なのはありませんね。ドイツ人がドイツ人を差別するなんてのは、ありませんね。

ブリテン島の場合は、インドと同様、征服・被征服がかさなっていますので、ケルト系は差別されました。スコッチには甘く、ウェールズやアイリッシュには重かったようで、結局、かれらの恨みが、いまなお深刻な政治問題になっています。

○

『日の名残り』の執事が、〝やはりこの職業はイギリス人でないと……わが国のアイルランド人がこれをやるとかっとなったりして……〟というくだりがありますが、気質的にもちがうというのがおもしろいですね。

フランスはもともとローマ人と地《じ》のケルト人（ゴール人）との混血の上で出来た国ですから、純粋（?）のケルトのブルトン人（ブルターニュ半島）以外は、どうこうとしたことがないのがいいと思います。なにしろ、ド・ゴールなどは〝ゴール人〟という姓なんですから、いいですね。

イタリアも、シシリアがありますが、へんなものはないですね。

まあ、ドイツがいちばん単純で平明でいいでしょう。そのドイツにユダヤ人問題がおこったというところに、人間の業《ごう》があります。

朝鮮には白丁《ペクチョン》がありますが、日本のように戸籍まで追っかけるような差別ではなさそうです。

中国の客家《ハッカ》も、そんな差別はうけていません。太平天国の洪秀全も、辛亥革命の孫文も客家ですが、何ということはない。

そこへゆくと、日本はいけませんね。たがいに生っ粋の日本人なのに差別している。おかしな話です」

『日の名残り』（中央公論社刊）はイギリスのカズオ・イシグロの小説で、翻訳が出版された直後から司馬さんは絶賛していた。映画にもなったから、それを見た人も多いと思う。

またべつの手紙では、差別表現も生き物で、時代の移り変わりが文化に微妙なひずみを生み、新たな差別表現になっていく例として、次のような話を紹介している。

「土人」という言葉は差別的だが、しかし、という。

「二十余年前、沖縄の文化人が、明治初年の官吏の沖縄紀行文に『土人曰く』とあるのをふんがいしていた文章（朝日学芸欄）を書いて」いたが、これは誤解で、当時の日本人の教養はたいていが漢文によるものであり、「漢文の慣習として、大阪を紀行する場合も、筆者がたとえば小生に出会ったとき、小生は土人になります。むろん漢文ですから、漢音でトジンです。漢文がわすれられてきたのだと思いました」。

この土人とは「ネイティヴのこと」だから怒ることもないのだが、いまとなれば「先住民、もしくは住民でよいかと思います。日本語でやさしく『土地の人』でもいいのですが」。

「影響を受けたという作家はいないけど、ツヴァイクが好きだった」

これはなるほどと思う。ツヴァイクの『ジョゼフ・フーシェ』や『マリー・アントワネット』などは、司馬作品と通じるものがある。

ツヴァイクは司馬さんより四十年以上前の人だが、しかしおもしろいほど二人の生涯は対照的である。司馬さんは大正十二（一九二三）年生まれで、のちに「日本史上まったく不連続の異質の二十年」と語ることになる昭和の初めの二十年に成長し、あの最悪の戦争に拉致される。ツヴァイクはみずから「安定の黄金時代」と呼ぶハプスブルク家治下のウィーンで早熟な詩人として世に出る。

だが、それ以後はほぼ五十年平和の中に生きた司馬さん――最後の十数年は深くこの国の行く末を憂えていたが――に比べ、ツヴァイクはユダヤ人として最悪の時代を生き、ついには司馬さんが兵隊に取られる前年に自らの命を絶つ。

日本の作家については、少年のころ、父親の本棚にあった「蘆花全集」に触れたのをはじめとして、正岡子規などなどいろんな作家についての文章がある。夏目漱石にはとくに晩年になってから深く共鳴するところがあったようだが、作家として影響を受けたというのとは違いそうだ。

影響を受けた作家がいなかったというのはそのままにとっていいと思う。直木賞受賞のあと二年目で書き始めた『竜馬がゆく』で、もうだれも書かなかったスタイルの小説を確立するのだから。

「ジョルジュ・シムノンは何回読んだかわからん」

シムノンのメグレ警視ものが好きで、翻訳されているものはすべて何回も読み、ついには「訳文がこんぐらかっているところや誤訳があっても、くりかえし読んでいるうちに、霧の港町の情景まで浮かんでくるようになった」と妙な自慢をしていた。フランスの田舎町の雰囲気や人間が好きだったようだ。

メグレ警視で気に食わないところはたった一つ。警視は風邪を引いたときに強い酒を飲んで治すが、そんなことでよくなるものかと、この風邪恐怖症にして下戸に近い人は書いている。

直木賞受賞の直後、司馬さんは『豚と薔薇』という妙な題の推理小説を「週刊文春」に連載している。推理小説の全盛期であった。

「私は、推理小説にほとんど興味をもっておらず、才能もなく、知識もない。書けといわれて、ようやく書いた」、もう生涯書かない、と単行本の「あとがき」で述べているが、よほど懲りたらしい。続けて「私は、推理小説に登場してくる探偵役を、決して好きではない。他人の秘事を、なぜあれほどの執拗さであばきたてねばならないのか、その情熱の根源がわからない。それらの探偵たちの変質的な詮索癖こそ、小説のテーマであり、もしくは、精神病学の研究対象ではないかとさえおもっている」と書く。

こんな「あとがき」をよく書いたものだ。だれだ、この人に推理小説を依頼したのは！

『豚と薔薇』は早々とお蔵入りしてしまった。

司馬さんの場合、実在という核がないと情熱がなかなか発動しない。歴史上の人物については、これほど探求した人もいないのである。『アメリカ素描』を書くころは、ジャック・ロンドンにかなり入れ揚げていて、これも意外な気がした。

アメリカ文学が好きなのである。マーク・トゥエインやスタインベックなどなどについてはしばしば触れている。「かれらの文体には、生肉（対象）にいきなり手を突っ込んで、なにかをつかみ出してくる迫力がある」とよく話した。

またあるころは、『西遊記』にのめり込んでいた。もちろん白文でよむのであるが、あそこに登場する妖怪どもにはちゃんと意味があるそうで、地方に跋扈《ばっこ》していた豪族だったりするというおもしろい話をしてくれた。

ぜひ司馬遼太郎訳および解説の『西遊記』を書いてほしいと商売っ気を出したが、「ふむ」と曖昧な微笑を浮かべただけに終った。

「この本は読んだわけがない。ページに折り目がついていないもの」

読むことと書くことがとにかく好きで好きでたまらないという人だった。たとえば仕事の通信文のあとにちょっと私信をつけ加えても、必ずといっていいほど返事をくれるのである。自著を送った人には、ちゃんと読んで感想を寄せてくれるので、その人は感激する。司馬さんは蚕が桑を食べるように本を読み、糸を吐き出すように書いた。

ちなみに手紙は便箋ではなく、いつも原稿用紙であった。てっきり手元の原稿用紙に書いているのだと思っていたら、これは執筆用のものとは違うのだそうで、あるとき何千枚も作った原稿用紙が気に入らず、もっぱら手紙用に使っていたということらしい。

さて、みどり夫人がミステリーのファンなので、私は読んでおもしろいものがあると送っていた。あるとき夫人が読もうと思っていた本を、司馬さんがよさそうだといって持っていっちゃった、という。ちなみに夫人は連れ合いのことを司馬さんと呼ぶ。

ところが考えてみたら、その小説は以前司馬さんが読んだものだったのを夫人は思い出した。それ前に読んでいたわよ、といったら司馬さんは右のようにいったという。読みかけのところのページを折る癖があったらしい。私の送った本は新しいのでもちろん折り目はついておらず、だから読んでいない本と勘違いしたのだ。私も憶えているが、この本はラドラムのミステリーだった。さすがにこの類の本までは頭に残っていなかったようだ。

執拗な謎解きゲームは好きではないが、この手の本は嫌いではなかった。

こういう濫読といっていい例は無数にあるが、もうひとつあげると、私のいた社が送った『ポーランド』（ジェイムズ・A・ミッチェナー著）という上下それぞれ五百ページもある翻訳本をあっという間に読み終えて、「あれはおもしろかった」と大勢の前でいったものだから、みんなから、くれないかといわれて往生した。高い本なのである。九〇（平成二）年の正月のことで、送ってから十日ほどしかたっていなかった。

「職能集団が住む近代の都会という場所に、手になんの職も持たずに住むとどうなるかという実験をしたのが、私小説作家ではないだろうか」

ゆえにかれらは必然的結果として、貧困と病気にみまわれ、それが作品の主なテーマになった。——まことに身も蓋もない言い方であるが、たしかに一面を鋭く突いている。司馬さんにとって、だから私小説はだめだというつもりはさらさらなく、単に不思議に思えて仕方がなかったということに過ぎないのだが。

最晩年の対談（長部日出雄さんと。「小説新潮」一九九六年一月号）では、「（葛西善蔵は）小説を書くと言ってるんだけども、実はその生活報告を書いているわけでしょう。そういう自分が都会でどうボロボロになっていくかという、大胆な、まあ言うたら都市への特攻隊みたいなもんですよね」と発言している。

「アフォリズムの件、反対です。なんだか、エライ人のようで、当人がこまります」

手紙の端に小さくそう書いてあった。みごとな失敗でした。

かねてから、司馬作品にちりばめられている名文句、名言の類を抜き出して本を一冊編みたいと思っていた。しゃれた言い回しから、含蓄のある人生訓的なものまで、司馬作品はおいしい言葉の果実の宝庫である。

ところで、なんといって口説けばいいのか。名言集などは野暮ったい。なんとかの宝石箱なんていうのはありふれている。思い出せないが、結構ましなものまであったと思うが、いろいろ考えた末、選りにも選ってなにを血迷ったか、この謙虚な人が一番うなずいてくれないであろう「箴言集」とか「アフォリズム」などという言葉を選んでしまった。われながら気がおかしくなっていたとしか思われない。一発でダウン。しばらく間をおいてと考えるうち、機会は永遠に失われてしまった。

「短篇小説を書くというのは、空気を絞って水を滴らすほどのエネルギーがいる」

八〇年代半ばに司馬さんは、もはやかろうじて花街にだけ残されている、大阪の大衆芸能を保存しようと設立された「上方文化芸能協会」に関わった。その公演「上方花舞台」が毎年国立文楽劇場で行われたが、何回目のときだったか、作家の田辺聖子さんと同席した。

そのあとの宴で、田辺さんが司馬さんの観客席でいった言葉をもらした。

「ええこと聞いたぁ。司馬さんな、『まだ、短篇小説書いてはるのか。あんなもんは四十で止めるもんやで』やて。私ももう短篇書くの、やーめよ」

このとき司馬さんはその歳を四半世紀は越えていたはずだし、田辺さんは司馬さんの五歳下である。あとで司馬さんに「営業妨害はやめてくださいよ」というと、冗談冗談とごまかしていた。

司馬さんはたしかに短篇小説を書くのは早々とやめてしまった。その意志はてっきりなくなっているのかと思っていたら、そんなことはなかったようだ。右の言葉を聞いたのはずいぶんあとになってからである。

「短篇を書いてみようと机に坐ると、二時間もしたら目が落ち窪む」

ともいった。作家としての体質が短篇から離れたというか、ほかにもっとやりたいことができたからであろう。

「大変申しわけないが、一時間ほど待っててくれないか」

七三（昭和四十八）年の夏だったかと思う。第一期の全集も刊行を開始してまる二年ほど経っていた。

毎月一度、作品の中で見つかった疑問点のチェックに伺っていたが、この日、応接間に腰を下ろすと、みどり夫人からこういう伝言を聞いた。お邪魔するのはだいたい午後三時ごろ、この時間に日課の散歩から帰ってくるのだった。のちには一時間ほど時間がずれたりしたが、このころはそうであった。

「ごめんね」と夫人がいう。「じつは寝てるの」といったので、「具合でも……」悪いんですか、と聞こうとしたら、そうじゃないの、旅の疲れやら寝不足で、それに今日飛び入りのお客さんがあって、くたびれて「頭が働かん」そうなの、だそうだ。このころはもちろん携帯電話などないから、当方が家を出て約束の時間に現われるまで、連絡の取りようがない。当時は作家の家を訪ねたら、相手が突発的な用事で、出かけてしまっていたことなどよくあることであった。

ちょうど一時間たって、水で洗ったようなさっぱりした顔で「すまんすまん」と現われた。手早く仕事にかかったので、逆にいつもより時間がかからずに終った。

こんなことはあとにも先にも一度きりのことだった。司馬さんは自分でよく眠ることを自慢しているが、そばで見ていると、起きている間じゅう頭をフル回転させているのだから、休むときに休まないと脳細胞もたまったものではないであろう。孔雀だって、羽を拡げっぱなしにはいかない。アクセルを目いっぱいに踏み込んでいるか、エンジンを切っているか、この人の時間は二色しかないかのようだった。

「ここから半径二キロ以内に、ぼくの小説を読んどるもんはだれもおらんな」

自宅にいるときは、毎日午後に夫人と散歩に出る。何度か同道したが、住宅の密集地だから建て込んだ家の間を縫っていくことになる。アパートの物干竿の下をくぐったことさえある。自動車道は二車線しかないのに交通量が多く、車が飛ばすから危なくて、じっさい司馬さんは一度交通事故に遭って入院した。当人は「軽わざのような散歩」という。

一緒に歩いていくと、あちこちから「シェンセ、元気でっか」といった声がかかる。たしかにどうも偉い先生らしいが、なにをしている人かよくわかっていないという感じがしないでもない。

しかし右の言葉はいくらなんでも東大阪の人に失礼である。私が一九八〇（昭和五十五）年にニューヨークにいったとき、向こうの出版社とのシンポジウムで通訳をしてくれたアメリカ留学中のインテリの実家が、なんと偶然にも司馬さん宅の斜め前の家であった。この人の顔を見るたびに、司馬さんのこの言葉を思い出して、おかしくてしようがなかった。さぞ変な男と思われたことだろう。

都市は西から時計回りに発展する。大阪でいえばまず芦屋あたりが高級住宅地で、東大阪市あたりまでぐるっと回ってくると、中小の工場の町でごみごみしている。司馬さんはご両親がすぐ近くの八尾市に住んでおられた関係もあって、この地を選んだのではないかと思われるが、「そのわりに土地は高い」のだそうだ。「だいたい町の名に東がつくところにろくなのがない」というが、当時私も東大和市に住んでいた。「やっぱりしょうもないとこやろ」

そういえば終生、東京に住もうとしなかったし、あまり好きではなかったようだ。

「三日もものを書くのを休むと、書き始めには脂汗が出る」

海外に出かけるなどのときは、連載の書きだめをしていくのだが、さて、帰ってきてペンを持ったときはリズムが失われていてずいぶん苦しまねばならないそうだ。これはほかの作家からも聞いたことがある。

井伏鱒二さんは、書けなくて苦しんでいる開高健さんに、「いろはにほへとでもいいから、毎日原稿用紙を埋めなさい」といったという有名な逸話がある。

「タクシーの運転手だって、いいますものね。『三日も休んだら、最初の一日は脂汗が出るほどぎごちない』……。たとえば、西田幾多郎さんがものを絶えず考えろというのは、西田幾多郎さんの頭脳が考えるんじゃなくて、西田幾多郎さんがつくりあげたリズムでとらえてるわけでしょう。だから、ものを考えることをしばらくやめますと、もう西田幾多郎さんはなくなるわけです。だから、西田幾多郎さんもタクシーの運転手も、そういう点では変わらないと思うな」（池島信平対談集『文学よもやま話』文藝春秋刊）

ところで、せっせと快調なリズムで駄作を量産している人だっている。

「いま書いてます」

これは夫人の言葉。司馬さんという人は原稿の締め切りはかならず守った。早め早めに原稿をくれる人だったが、なにかの拍子に仕事が立て込んで、普段より遅めになることもあった。それでも余裕があるのだが、いつもがいつもなのでどうなっているのか知らんと電話すると、夫人が出て、「ちょっと待ってね」という。しばらくして電話口に戻ってくると「いま五枚目を書いてますから」安心してくださいという返事をくれる。

夫人は、司馬さんの書斎までいって仕事の進捗ぶりを確認してくれるのである。でも考えてみると、ちょっとおかしい。

想像してみてほしい。夫人が机に向っている司馬さんに、「○○さんから原稿の催促だけどどうなってる?」と聞くのである。すると司馬さんがべつに面倒がらずに「いま五枚目や」とかなんとか応えるのである。そういうことに煩わしさを感じない夫婦なのである。でもやっぱりなんだかおかしい。受話器のこっちで自然に頰がゆるんでしまう。出前をなかなか持ってこない蕎麦屋に催促の電話をいれているみたいではないか。

「いま作っています。もうすぐ届けます」

III　書くことと話すこと

執筆机に正対しないで書く癖があったようだ

「小説を書くのではなく、しゃべくりまわるのです」

これは作家としての出発点になった「講談倶楽部賞」の受賞の言葉の一部である。そして以後の生涯を通して、書くだけではなく、「話すこと」が司馬さんの作家活動の本質に関わる重要な部分をなしていると思われるので、全文を掲げておく。

「私は、奇妙な小説の修業法をとりました。小説を書くのではなく、しゃべくりまわるのです。小説という形態を、私のおなかのなかで説話の原型にまで還元してみたかったのです。こんど、その説話の一つを珍しく文学にしてみました。ところがさる友人一読して『君の話の方が面白《おもしれ》えや』、これは痛烈な酷評でした。となると私はまず、私の小説を、私の話にまで近づけるために、うんと努力をしなければなりません」（一九五六年）

司馬さんは終生座談の達人といわれたが、若いころは人をわくわくさせるような歴史譚をして、まわりをよろこばせていたようだ。しかし小説を「しゃべくりまわる」時間はなくなってしまった。しゃべるより先にどんどん活字にしなければならなくなった。

直木賞を受賞したのが一九六〇（昭和三十五）年で、第一期全集が刊行されるのがその十年ちょっと後なのである。この間、全集版で換算すると、全三十二巻のうち三十一巻という分量の小説を書いた。しかもほかに全集未収録のものまである。小説だけで原稿用紙でざっと五万枚近いのではないか。ものすごい生産量だ。

　さて、話は講談倶楽部賞から十数年後の六九（昭和四十四）年まで飛ぶ。このとき司馬さんはふたたび話し始めた。

　この年に創刊された文藝春秋の「諸君！」という雑誌の第二号（八月号）に、「日本史から見た国家」という評論を口述している。続けて十一月号にも「織田軍団か武田軍団か」（のち「組織というもの」に改題）というテーマで話している。

　思わず口述といってしまったが、これはなんというべきものであろうか。「口で書く」といったほうがいいのではないか。司馬さんの場合、話したものを編集部がまとめたゲラに、最初から書いた方が早いのではと思わせるくらい、徹底的に手を入れるのである。のちにはそれがエスカレートして、戻ってきた校正刷りは全ページ、黒、青、赤のインクで直されてもまだ足りず、赤、青、黄、紫などの七色の色鉛筆の吹きだしが所狭しと書き加えられていた。これらを屛風に貼り付けたら趣きがあるのではと思われるほどであった。

　世には講演に加筆して活字になったものがたくさんある。また口述筆記というのもめずらしくはない。しかしこれはどうもそれらとは違う。二、三人を前に坐らせ、その反応を見ながら座談風に、ときには「書くように」話しする。そしてこれをいきなり自分がではなく、一度編集部にまとめさせてから、削ったり書き込んだりしてゆく。これを見ていると、書く手間を省こうとしてそうしているとは思えない。この「まず話してみる」という手法を亡くなる直前まで用いた。よほど性に合っていたといっていい。

それではこの手法にどんな利点があるのか。思いつくままあげてみると、①相手がいて耳に入るように話し掛けるのだから、話し言葉であり、平明でわかりやすい。②話の展開がスピーディである（以上の二点はあとで手を入れても変わらない）。③書くより取り掛かりが簡単だ（あとで手を加えるのだから、とりあえず大筋を語ってしまえる）。④最初に編集部にまとめてもらうので（司馬さんの場合、そのまま活字にしてもいいようにしゃべったが）、対話というクッションが入り、他者の興味が奈辺にあるかわかって、独りよがりにならずにすむ、など。

司馬さんは、よく「腰だめで撃つのだが」、あるいは「腰だめでいうのだが」という言葉を使った。「腰だめ」とは、銃を撃つときに銃把を肩につけて照準を合わせ、正確を期して撃つのではなく、腰のあたりに銃を固定して大ざっぱに撃つことを指す。「概略でいってしまうが」ということだと思うが、それにはこの「まず話してみる」手法が合っていると思う。

最初は司馬さんの話のおもしろさに目をつけた編集部の思惑があり、司馬さん自身も興趣を覚えるところがあって、これに乗ったのだろう。この「諸君！」の二篇がこのやり方の嚆矢《こうし》となった。

ちなみに司馬さんは、あれは話したものだから、といって、長い間、この「諸君！」の二篇を本には収録しなかった。しかし司馬さんの特徴がよく出ているので、そのあと「口述した」月刊「文藝春秋」のものを加えて全集（第三十二巻）に収録したが、「談話集」と断りを入れて、書いたものでないことを明らかにしてある。それを単行本に入れることが許可されたのは十年後、残念ながら中央公論社から出た『歴史の世界から』であった。

「あんまりいろんなことに詳しくない人ふたりほどに、聞き役として手伝ってもらえたらなあ」

司馬さんの物言いは柔らかすぎるので、私流に露骨に翻訳すると、「なんにも物を知らんのを二人ばかり都合して、前に坐らせておいてほしい」となる。

八二（昭和五十七）年一月からはじまった月刊「文藝春秋」の「雑談・隣りの土々《くにぐに》」という連載は、このまず話してから手を加えるというスタイルをとったが、やはりテープレコーダーが相手では話しづらいということで、右の要求となった。野球でいうと、ブルペン・キャッチャーみたいなものだ。

そこで編集部のM先輩と私が前に坐ることになった。司馬さんの話をじかにたっぷり聞ける相手に選ばれたというのは光栄であるが、条件が条件だけに、いささか複雑な思いがしなくもない。

なぜ無知な人間のほうがいいかというと、あとでまとめるときやり易いからである。知識が豊かな人間が前にいれば、ついつい言葉を端折る。「あれ」とか「それ」とかといった指示代名詞ですませることになって、のちに読者にわかるように書き直すのが大変なのだ。バカなのが前にいれば、微に入り細を穿《うが》って、よく相手の頭に染みこむように話さなければならないから、じつにわかりやすい原稿が出来上がるという仕組みである。

当時は漫才ブームだった。テレビの企画でコンビの売れてないほうを集めて「うなずきトリオ」というので笑わせていたが、私とMさんはまさに「うなずきコンビ」であった。しかし一言いわせてもらえば、調子よく話してもらえるようにうなずいたり、機敏に相槌を打つのもけっこう大変なのである——功績は大であった、ということにしておこう。

しかしながら、この仕事は五回までで失業してしまった。それについてはあとで述べることにする。

ちなみに司馬さんと作家の陳舜臣さんの中国についての対談などは、二人がその点気をつけて話してくれるので、編集部も助かった。しかも司馬さんは話しながら、固有名詞を紙に書いて渡してくれるのである。たとえば「譚嗣同」とか「汪兆銘」というふうに。気配りのゆきとどいた親切な人であった。

「君はどう思う？」

司馬さんが何かを思いついたとき、書く前に人に話すということをよくした。まずそれを話す相手はみどり夫人であろう。そして周りの人たちに話す。話しながら、細部を修正し、推敲し、書く。あるいは書いてから話すこともある。確認のため、あるいは読者の反応を知りたいため。「……ではないかと考えるんだが、君はどう思う？」

大きなテーマについて尋ねられることもある。空海の魅力について話したあとで、「でもなあ、空海を書いたって読者がいると思う？」と突然感想を求められる。

「そりゃいると思いますよ。お大師さんの信仰は根強いものがありますし、高野山にいけば今でも白装束に『南無大師遍照金剛』と書いた人たちが全国から引きも切らないじゃありませんか」

「……あのなあ、信者と読者は違うんじゃないの？」

とまたもや空振りをして、あきれ返らせてしまった。思い出しただけで顔が赧《あか》らむ。

古代において、朝鮮半島から製鉄に長けた集団が移動してきたという話や統帥権のからくりから、大韓航空機の撃墜事件といった時事問題まで意見を求められることもある。

したがって、同じ話を何度か聞く場合もある。そのたびに微妙な変化がある。それはそのテーマが祖型のときであったり、完成に近かったりすることによるのだろう。よく火が通っている場合もあれば、生煮えのときもあるわけだ。また書かれてみると、骨組みは変わらないが、手触り、風合《ふうあい》がまるで異なる。談話と文章の違いである。

このようにいろいろと司馬さんの言葉をキィにして書いてはいるが、一番熱をこめて話してくれたものは、自身の手で書かれて活字になっている。重なる部分についてはお許し願うほかない。

また話されたものと書かれたものというのは、完成未完成ではなく、本来思考の回路が違うのであろう。それでも司馬さんは話す。その微妙な違いをここで説明できれば興味深いのだろうが、聞いた話をそこまで正確に覚えていないし、かりに記憶していても私にはその能力がない。書かれたものを読んで、ああ、そうか、あの話はこういうことだったのか、と納得するのがせいぜいであった。

いつも司馬さんのそばにいるみどり夫人に、つい「おもしろい話が聞けていいですね」とうらやましがったら、「あら」というと、まじまじとこっちの顔を見て、「私はどの席でも一緒にいるから、同じ話を何十回も聞かされているのよ」といった。

ただ、手紙となると、それは書かれたものだから、「話した」のとはちがう。実際に雑誌に書くより前に届いた手紙をひとつ紹介させてもらう。

以下は一九八七（昭和六十二）年、アイルランド取材旅行から帰国してほぼ二週間後に貰った手紙である。

「アイルランドは、よかったです。

あそこのカトリックは、ローマからの教義上の規制が、最初からゆるくて、五、六世紀の人である聖パトリックがはじめて布教したときも、土地のもとからの神々（ドルウィド

「私はイギリスがきらいではありませんが、アイルランドからみると、その光も影もよくわかると思ったのです」

教）をまったくみとめてしまいました。つまり、ゆるやかな風呂敷包みにしたおかげで、土地の神々は妖精になって、いまでも山河に生きています。それだけに、いかなるアイルランド人も、頭に、泡つぶのような空想をもっています。イエーツやジョイス、オスカー・ワイルド、ベケット、シング、ジョージ・ムア、あるいは古くはスウィフトなど、圧倒的に〝英文学〟を占領しているアイリッシュたちは、そういう固有の想像力の中からうまれてきたのでしょう。

『レプラコーン』という小人がいますが、これは小人の靴直し屋で、黄金をためこんで土の中にかくしています。円形のブッシュに好んで住んでいるそうで、ある峠を通ったとき、交通標識に、

『レプラコーン・クロッシング』

とありました。コドモ飛ビダス・注意のようなものであります。

私はイギリスがきらいではありませんが、アイルランドからみると、その光も影もよくわかると思ったのです。

そういう意味でも、アタマの刺激になりました」

これが「街道をゆく」に書く前の「原形」で、取材直後のおどるような感動がじかに響

いてくる。前に触れたが、司馬さんは本当に「驚いている」のである。実際に書かれた「愛蘭土紀行」篇（『街道をゆく』第三十、三十一巻）と比べてほしい。

「『耳はばかですから』と漫才作家の秋田実氏はいった」

漫才はむしろ論理やつじつまが飛躍しなければならない、飛躍のあざやかさこそ漫才の本領なんです、それに比べて、「目は、そうはいかない。じつにうるさい」と秋田氏はいった……。以上は司馬全集第四十巻の月報に書かれた文章である（『この国のかたち』第六巻）。

司馬さんが描いたレプラコーン
司馬遼太郎記念財団／提供

最初から説明する。八二（昭和五十七）年六月に、司馬さんはNHKホールで「社会的に見た文章日本語の成立」というテーマで講演をした。それがテレビで放映されたのをとても興味深く見た。一言でいうと、文章語というのは、社会の成熟とともに、汎用性をもち、また共有性をもってみんなの文章が似てくるというのが主旨だった。

ちなみに司馬さんは講演のときはメモを用意する。しかし先に述べた「口述」のときには、私はメモを見たことがない。いきなり話し出すのである。

その放映のあとに会う機会があったので、あの話はとてもおもしろいし、これまで聞いたことがない、ぜひ今刊行中の全集の月報に書いてほしい、と頼んだ。次の手紙に、

「先夜、文章日本語の成立の話、ほめてくださってうれしく存じました。空《くう》から考え出したことで（もう十二年も考えていたことですが）なにぶん先唱のないドグマだけに不安でした」

とある。そしてしばらくのちに書く約束をしてくれた。

「このあいだは、まことに淡い別れで失礼しました。

今回から『言語についての感想』を書きはじめます。とめどがない（！）かもしれませんので、長くつづきそうです」

これが次の手紙。そしてこの連載は七回続くが、その四回目に、この一文は私（筆者）に勧められてつい魔がさして書いてしまった、と述べている。以下、司馬さんにとって、

話すことと書くことの違いはなにかについてのくだりがあるので、引用する。

「しかし、書いていて、どうも勝手がちがう。『話し言葉』として喋った場合におもしろくても、『書き言葉』になると実証を多少は綿密にせねばならず、お喋りではゆるされる論理の飛躍も、書き言葉になると、ゆるされず、毎回、書きながら、こんなものを読まされる読者はたまったものではあるまいと思うようになった」

ずいぶんな謙遜というもので、こののちも司馬さんは言語についての発言をいろいろするようになるが、これが最初であった。

「文章論はハン瑣かな。小生としては、書きはじめた以上、井上靖・松本清張の功績までのべたいのですが。まあ、共通化論のダシで、お二人がおよろこびになるかどうかわかりませんが。まあ、書かないでおくか。

それとも、論旨はほぼのべたから、結論までくだくだとかかずに主題を変えてべつのことを書きますか。

以上、とりとめもなき雑談」

という手紙を貰って、あと一回は書くといっていたが、八回目になるはずの原稿はちがうテーマになっていた。

「水平線にむかって遠泳しているように、いわば目標なきおしゃべりをつづけていて……」

司馬さんにとって、話すことと書くこととはどういう関係だったか、ということにもう少し触れてみる。

司馬さんの講演については、没後に「週刊朝日」が精力的に収集し、その多彩な話柄には驚くばかりだ（『司馬遼太郎全講演』全五巻）。ただしこれは編集部がまとめたもので、司馬さんの目は通っていない。いっぽう何度も触れたとおり「口述」は司馬さんの手が十分に入っている。

司馬さんの「話す」ということについて、もうひとつ重要な仕事がある。対談・座談会という形式で、これも最後まで多用した（『司馬遼太郎対話選集』全五巻）。これは語り手の目は通ってはいるものの、相手があってのことなので、責任は半分ということになる。

対談というのは、雑誌のページを単に埋めるだけのなんでもない企画でもあれば、ある問題について、意見の対立する両者が白熱した議論を戦わせる緊迫したものまでさまざまである。雑誌編集者の腕の見せどころといえる。ただ、のちにこれを集めて本にできるだけの内容を盛り込めるかというと、なかなかむつかしい。

大物二人にお願いしても、そのいいところが足し算にならず、掲載できる形にするのに苦労したあげく、双方にマイナスにならないように気を使って、なあなあのどうでもいいものになってしまうことだってある。

AとBが論戦をして、AがBを完膚《かんぷ》なきまでにやっつけたのであるが、ゲラの段階で、負けたBのほうが徹底的に手を入れ、掲載されたときにはBが圧勝したことになっていて、Aが啞然としたという業界で有名な話まである。

司馬さんは対談の名手だったといっていい。この人に任せておけば、対話はスムーズにいく。話し上手であり、聞き上手でもある。編集者はよけいな気を使わずにすみ、楽であった。それでもうまくいかないことだってある。

山本七平さんは一九七〇（昭和四十五）年にイザヤ・ベンダサン『日本人とユダヤ人』の訳者という形で論壇に登場し、以後、本名で『私の中の日本軍』など独自の日本人論を展開したすぐれた評論家である。この人と司馬さんが対談をしたら、さぞおもしろいものになるだろうとだれもが思った。それを実現させたのが雑誌「文藝春秋」で、七六（昭和五十一）年のことだった。

元帝国陸軍の学徒兵で、戦車兵と砲兵という取り合わせでもあり、話はそこから展開してゆき、期待通りの出来ばえであった。かなりの好評を得て、翌年にかけてあと二回対談が行われた。もう一度、計四回やってもらって本にしようという計画であった。のちに私は掲載用にまとめる前の速記録を見たが、雑誌という限られたページの中に押し込めるのがもったいないほど充実した内容である。

しかし対談は、三回で終ってしまった。司馬さんの方が意欲をなくしたようだ。その兆候は三回めにはかなりはっきりしている。ごく簡単にいうと、二人のよって立つ基盤が違いすぎたのである。

山本さんは熱心なクリスチャンであり、司馬さんは無宗教——仏教好きではあるが——である。そんなことはよくあることで、べつに宗論をするのではないのだから、かまわない。が、この場合はうまくいかなかった。

たとえば「正義」といった言葉ひとつでも両者の意味合いが違うのであった。こうなると話が嚙み合わないのを通りこして、すれ違いになってゆく。これはどうしようもない。司馬さんは疲れてしまったのだと思う。同時に山本さんも疲労したことだろう。私たちにとってはじつに興味深い内容であったが、惜しいことに本にもできず、対談集にも入れる許可がでなかった。

九三（平成五）年になってから、ようやく口説き落として対談集に収録することになった（『八人との対話』）。

文中に幾つか解決してもらいたいところがあって、ゲラを送ったが、返ってくるまでしばらく間があった。

「『対談』ご厄介でした。手を入れた原稿の中にお手紙およびFAXのお返事を書くべきでしたが、元気なく、けさ、元気がよみがえったので、このハガキを書いています。

山本七平さんは、巨大な存在でした。考え方が小生とどこか似ているらしく、むかしく〳〵イザヤ・ベンダサンがたれかという憶測がさまざまされていたとき、桑原武夫さんと貝塚茂樹さんが、『ひょっとすると司馬さんではないか』とうわさしていたほどでした。だから、対談では、山本さんが、自分がしゃべるように私をしゃべらせていたのかもしれません。小生、應答のデコボコがないために、水平線にむかって遠泳しているように、いわば目標なきおしゃべりをつづけていて、ひさしぶりにそれをみると、いやになってしまったのです。疲れと不快感（自分への）は、そのせいでした。大兄はトバッチリを食いしなり」

対談というのはうまくいけば掛け算にもなるが、二人とも不満を残すことにもなりかねない。

「この本を出すと、その夕ガが、はずれそうです」

「諸君！」での「口で書く」評論とほぼ同時期（六九年）に始まった連載に「話のくずかご」（「オール讀物」）がある。このタイトルは文藝春秋の創始者・菊池寛がその雑誌で使っていたもので、司馬さんが後を継いだことになる。ちなみに文藝春秋の社歴と司馬さんは同い年である。

この連載は歴史こぼれ話といったもので、毎回肩のこらないテーマで書いた。これこそ司馬さん得意の座談そのものを活字にしたといっていい。評判もよかった。ところが、連載が終っても単行本にする許可が下りなかった。これは話をするときの材料で、座興で話せばおもしろいのだが、本にするほどのことはないということだった。全集（第三十二巻）には収録する了解を貰ったので、ここではそのまま「話のくずかご」として載っている。

単行本についてようやく承諾してもらったのが七五（昭和五十）年になってから。『余話として』というタイトルがついた。その折の手紙がある。

「あまりいい文章とは思いませんが、自分が書いたものだから、どうにもならず、迷っています。

話のくずかごとおなじようなものを『小説新潮』に連載したことがあります。それは固く出版をことわってあります。この本を出すと、そのタガが、はずれそうです。

しかしまあ、やむをえぬと思い、お言葉に甘えることにしました。なにしろ内容が、文章としても主題を語るに急で、パッとしませんなあ。

結局、造本でなんとかして頂こうと存じます。誰が買うのかという地味な（賣らん哉の造本でなく）本にしてくれませんか。むりを申してすみません」

じつにおもしろい話が並んでいると思うのに、「文章としても主題を語るに急で」だめだといっているのは、「驚き」がナマで出ているということであろうか。

「大阪弁のとこは直しといてな」

司馬さんは生まれも育ちも大阪の町なかで、きれいな大阪弁を使った。しかし対談や談話を雑誌などに掲載するとき、できるだけ標準語を使うように気をつけ、最後に必ずそう付け加えた。

大阪弁はそれはそれで洗練された言葉であり、天下国家を語ることは可能であると私は思うが、一般には漫才のイメージが強くて、まじめに受け取られにくい。司馬さんにとってはあるいは大阪弁では伝えにくいニュアンスもあったということだろうか。

司馬さんによれば、昭和三十年代はじめに、出版社系の週刊誌が続々と創刊されてから、互いに競い合って、いい悪いはともかく何についても書くことができる文体が出来上がったという。たしかに泉鏡花の文体では政治は語れないし、森鷗外の文体では芸能記事は書きにくいだろう。

司馬さんがよくいった話に（書いてもいるが）、南極越冬隊の初代隊長だった西堀栄三郎さんに、桑原武夫さんが「そういう貴重な体験をしたものは、それを国民に分かるよう書く義務がある。西洋ではみんなそうするんだ」といったところ、西堀さんは「論文ならともかくそんな文章は書けん」という。桑原さんは「それなら通勤の行き帰りに週刊誌を読んでその書き方を勉強したらいい」と勧めて、うまくいったというのがある。

司馬さんは「いつのころだったか、この頃の作家の書くものはみんな同じ文章ではないかという批判をみて、逆に、ああ、やっと日本語は成熟したか、と思った」という。

こう見てくると、昭和三十（一九五五）年あたりに大きな社会的な節目があったことが、文化面に象徴的に現われている。いま述べた出版社系の週刊誌群の出現があり、文学の世界では、安岡章太郎、吉行淳之介といった第三の新人が二十年代の後半に芥川賞を受賞したあとを継いで、三十年代に入ると石原慎太郎、開高健、大江健三郎といった若い世代が台頭する。また南極観測隊の発足など、国力に余裕が出てきたことを窺わせる。

Ⅳ　作品の周辺

1960年、第一線の新聞記者として活躍しているころ

「読み始めたら結構おもしろうて、ついつい半分読んでしもた」

直木賞を受賞して世に出るきっかけとなった『梟《ふくろう》の城』という作品が私は好きである。いつのころだったか、雑談をしていてその話になったとき、じつは、と照れた顔になって、人もいないのに低声《こごえ》でいった。海外取材の直前に、思いがけなく留守中の仕事が早く片付いて手持ち無沙汰になってしまった。そのとき読みたい本がなにもなかったので、つい傍にあった『梟の城』を何げなく読んだらしい。こんなことをいう司馬さんはじつにめずらしいのである。

この人ほどナルシシズムと縁遠い人はいないと思う。だからおよそ自作について執着を持たない人であった。過去に書いたものはもう自分には関係ないとでもいわんばかりだった。一九七〇（昭和四十五）年ころまで、司馬さんのこういう態度に泣かされた編集者は少なくなかったはずである。

というのも、歴史小説というのは、いかに細心の注意を払う作家でも史実の思い違い、読み違い、書き違いが出てくるものである。司馬さんにももちろんそれはある。が、直しましょうといっても「もうそんなん、ええやない」と取り合ってくれない。頑固なわけでも面倒くさいというわけでもなく、ただただ過去に書いたものなど、いまここでどうこういうこともない、といった態度なのである。そんなことは卒業してしまった、いまの自分はあのころよりずっと先を歩いているのだから、とは実際にはいわないが、ふり返っている閑などあるもんかということだったのだろうか。

それが『世に棲む日日』から変わった。第一期の全集の直前のことであった。ある勘違いが司馬さんにあって、それを指摘したとき、さすがに「ちょっと待てよ」と思ったようだ。だから全集のときは全巻の校訂に辛抱強く付き合ってくれた。しかし、そのほとんどが「そうか、そんならそうしとこう」とか「ふうん、そうやったかな」とかいった調子で、だいたいがこちらのいうままで張り合いがない。じつに素直というか、自己主張しない。

十回に一度か二十回に一度「こりゃだめだ、書き直そ」といって、しばらく考える。考え込むときは、持ったペンを親指と人差指、中指でくるくる器用にまわす癖がある。そして次の瞬間、惜しげもなくあっという間に何行も削ってしまい、じつにすばやくそのあとに書き込むのである。こんなことしていいのか知らんと、こっちが心配になってくるほど直してしまう。

文章が書かれたときは、そのリズムの流れの中にあり、あとから継ぎはぎするとどうしても乱れてしまう。だから次第に、少々の疑問点などあってもそのままでいいのではないか、そっとしておいたほうがいいのではないかと思わずにはいられなくなった。しかし司馬さんはそんなことは考えてもいないらしく、平気なのである。この執着のなさは普通ではない。

全集のあとがき（「全集の校正を終えて」）に、「各巻についての校正が大変だった。モトの本の段階では私の思わぬ思いちがいなどがあってそれを訂《ただ》したりすることも重い労働だったが、それより古い作品を読みなおしてゆくうちに不意に襲ってくる奇妙な嫌悪感というもののほうが荷厄介だった。（略）自分自身に対する淡い、ときに濃厚な嫌悪感――もしくはやりきれない思い――というのは、どう考えてもいいわれの見つからぬもので、性格としか言いようがない」と、この作業にうんざりしたことを告白している。

しかし全集前はどういう状態であったかは、次の一例を示せば充分であるかと思われる。「司馬遼太郎」の「遼」の字のシンニュウが、本によって点が一つだったり二つだったりしていたのである。細かいことをいえば、著者名でさえもまちまちだったことになる。この字は、そのころの当用漢字に入っていなかったので、正しくは点が二つの旧字を使わないといけなかった。司馬さんと相談の上、点が二つと決めたのは全集からである。いまは事情が変わったが、どの出版物も点二つのシンニュウをそのまま使っているはずである。

そんな具合なので、自作を楽しんで読んだなどということは、あとにも先にもこの『梟の城』のとき以外に私は聞いたことがない。

ところで、この作品について、忍者という職業と新聞記者は似ているという文章がある（「わが小説――梟の城」・『歴史と小説』）。記者は特ダネをとっても物質的に報われるところがないが、それに異常ともいえる情熱を傾ける。この無償の功名主義が忍者の職業心理と通じるところがある、と書いている。また、一歩進めて、個人として動く伊賀忍者は毎日新聞気質と、集団で行動する甲賀忍者は朝日新聞のそれと似ているとも話したことがある。

しかし、「そんなんはなあ」という。「書いてからおもしろがっていったことで、そんなこと考えてたら小説なんて書けるわけはない」

「おりょうが竜馬のために菊の枕を作ったなんて、ぼくの作り話だぞ」

『竜馬がゆく』の中で、寺田屋に預けられた竜馬の恋人のおりょうが、庭の菊を全部切り取って陽に干し、竜馬のための枕を作って女将のお登勢をあきれさせる場面がある。いかにもおりょうの性格を浮き立たせてみごとである。しかしこれは創作で事実ではない。こういう仕掛けはこの作品に山ほどある。

大衆演劇の某作家が、司馬さんのものとは関係なく竜馬が主人公の芝居を書き、なんとこの菊の枕の話を使ったという。それについて司馬さんが怒ったということを漏れ聞いた。昭和五十年代のことだ。

それだけ聞くと、司馬さんは自分の創作を断りなく使われたので腹を立てたと思うだろうが、そうではない。こういうことを無神経に繰り返していると、いつのまにかそれが史実として扱われるようになるのを恐れたのだ。司馬さん自身、史料調べをしていてそのような「史実」にしょっちゅう出くわし、当惑していたのだから。また、独自の歴史観のほうは、盗用されても怒ったのは見たことがない。

「またぼくの話を使ってるよ」と苦笑する場面を私でもたびたび見ているから、司馬さんの創作を史実と間違えた人が大勢いるにちがいない。

『竜馬がゆく』は、あくまでも司馬さんの「坂本竜馬」であって、伝記ではない。日本史通の作家・今東光さんなどは、坂本竜馬を「あれは詐欺師」の一言で片づけている。こういう見方もあるのである。

司馬さんは、歴史的事実はきっちりと揺るがせにしていないが、それ以外のところではかなり奔放に創作をほどこしている。家老で坂本家の主筋にあたる福岡家の存在は事実だが、そこの娘で竜馬に恋をする「お田鶴さま」は創作である。司馬さんから「福岡家からうちの先祖にあんなふしだらな娘はいないと抗議が来て困った」と聞いたことがある。

「新聞連載は一日一回分しか書かない」

これは最初『坂の上の雲』執筆時に聞いた。

午後三時ごろ、夫人と近所に散歩に出かけるのが日課で、その前に一回分を書く。当時は新聞社からバイク便が来て持っていく。

その日の分を書き終ったとき、あしたはきっとこんなことを書くだろうと思うそうだが、「そのとおり書いたことがない」という。それが気に入っている。もちろん何日分かのストックはあるのだろうが、病気になったらどうするつもりだったのだろう。ずいぶんと度胸が据わっている、と思った。

さて、司馬さんは『殉死』という小説を書いたとき、またひとつ以後の作家活動に大きな影響を及ぼす転機を経験する。『竜馬がゆく』に「閑話休題」と書いてから、ちょうど四年目のことである。

『殉死』は「要塞」と「腹を切ること」の二部に分けて、一九六七（昭和四十二）年の「別冊文藝春秋」に掲載された。その冒頭に近いところで、司馬さんは次のように書く。

「以下、筆者はこの書きものを、小説として書くのではなく小説以前の、いわば自分自身の思考をたしかめてみるといったふうの、そういうつもりで書く」

「小説以前」とはもちろん謙遜だが、つまり「書きながら考えていく」と宣言している。司馬さんは以後、よく「書き終って、初めてわかった」というようになる。

　このような手法は、読んでいる側も司馬さんと同じリズムで考えている気持がして、魔法の絨毯に乗ったように心地よい。多くの司馬ファンを魅了するところである。しかしながら欠点もある。作家自身、小説全体の構図があらかじめ予測できないことだ。めったにないが、ときどき奇妙なことになる。

『翔ぶが如く』を例にとってみる。冒頭、川路利良という重要ではあるが、主要な政治ドラマから少し距離のある人物を主人公にすえたのは、歴史の推移を客観的に見せる目論見ではなかったか。ところが、早々に西郷隆盛が登場し、となると征韓論に触れないわけにはいかない。日本の立場を解説しなければならず、それに絡んで元勲たちが続々と舞台に登ってくるというダイナミックな展開にいきなりなってしまい、川路の影が薄くなった。

私などは、それでいいではないか、こういう小説こそ司馬さんにしか書けないものであり、われわれの大いに期待するところとわくわくしてくる。が、この人はそうは思わない。このへんが司馬さんのおもしろいところで、これは小説ではないと思ってしまった。それではなにが司馬さんにとって小説なのだろうか。

新聞連載が二百四十四回のときに、突然その日の連載の最後に「第一編・了」という字が載った。「えっ」と思った。最初から「第一編」などとは書かれていなかったはずである。

翌日の新聞を見て、納得した。新しい章のタイトルは「千絵」という。明治維新で没落した旗本の娘で、新政府にたてつく側に加勢するという設定である。もちろん架空の人物だ。司馬さんは、こんなに男だけが出てきて、政治のからくりを追ってばかりでは小説にならない、もう少し遊びがほしいと思ったのだろう。しかしこれには無理があったとみえて、しばらくして千絵はやはり消え、そのまま最後まで登場しなかった。

物語が進行するにつれ、思いがけない方向にどんどん成長していったということであろう。小説は生き物であった。そして結果として小説全体の構図から見ると、少々奇妙なことになってしまった。一回分ずつしか書かないという手法は、長所ばかりではなかった。

ちなみに司馬さんは新聞連載をまとめて本にするとき、一回分の間にかならず一行あきを挟む。なんと最初の新聞小説である『梟の城』のときからすでにそうである。一回一回が独立しているという気分を残したいと思っているのだ。連載一回分が一つの細胞で、それが寄り集まって、長篇小説という巨大な生物を形作っているという見方ができる。

「同じ話が多いから適当に削ってくれ」

たしかに『翔ぶが如く』には同じエピソードが何度も出てくる。本を作る段階で、それがうるさいから、君が削れという。私もたしかに多いとは思っていた。

しかしいざ、ためしに幾つか削ろうとすると、うまくいかない。そこに穴のようなものが残ってしまうのである。年配の人には、むかし映画館でよく体験した、切れたフィルムを繋ぎ合わせたために、コマ落としになっている古い映画を見ているみたいになる、と説明したら分かってもらえると思う。

司馬さんは書きながら考えるという、思考の連続の中でそのエピソードを活用しているわけだから、機械的に削るわけにもいかない。もちろん例外もあって、そこだけ見れば、取っても差しさわりがないところもある。そして取るべきか取らざるべきか、結論のつけようがないところがわんさとある。といって削りやすいところだけ削ると今度は全体のバランスが崩れそうだ。

要するにこれは第三者のする仕事ではない。ここで編集者にできるのは、このエピソードは前出からこれだけ離れていますから重複してもいいのではとか、前回とニュアンスが違うので残していいのではとか、あるいは別の人物から見ているだけで内容が同じだから省いてはとか、もっとむつかしいのは、長い音楽のように間をあけて効果的に現われるテーマのようだから残したほうがいいとか、感想を述べるくらいがせいぜいであろう。

要するに、チェックしながら作者といっしょに最初から読んでいくしかない、というのが私の結論だった。そんなことをいっても司馬さんの頭はもう次のテーマにいっているし、膨大な時間がかかるだろうから不可能である。

結局ほとんど削らなかった。そして申し訳ないことに、繰り返しが多いのではという批判をやっぱり受けた。

「四十代は『坂の上の雲』にかかり切りで、五十代は『翔ぶが如く』にとられ、男の一番いい時期をつまらんことに費やしてしまった」

こんなことをいわれても、なんとも返事のしようがない。本音でいっているわけではないにしても、まるきりウソでもないだろう。それほど『翔ぶが如く』の執筆には疲労したのである。

司馬さんの「書きながら考える」は、もちろん出たとこ勝負で書いていくという意味ではない。書く前から人物や事件の評価を決めてしまうのではなく、ていねいに順を追って、よく観察し、遺されている史料を吟味し、現象を分析し、ひとつひとつ歩を進めていこうということである。

決して山頂目指して一直線に山を登らない。あらゆるルートを検証しながら、螺旋《らせん》状に頂上をきわめてゆく。ところがあるとき「『翔ぶが如く』には山頂に大きな噴火口が残ってしまったなあ」といった。つまり極めるべき山頂がない小説になってしまったといっている。

小説の中で繰り返し語っているが、人を動かすのはその人間の持つ魅力である。だが西郷隆盛の魅力は——それは歴史を動かすほどの力を持っていたのだが——彼に会った人にしかわからない、と結論せざるをえなかった。自分を、また読者を納得させられる形で表現できなかったということであろう。司馬さんの疲労はここに由来すると思われる。

しかし私などは、噴火口のところで留まった司馬さんはさすがだと思う。これだけ長い小説を書いてくると、つい架空の山頂を噴火口の上に作りたくなる。そういう小説をずいぶん私は読んできた。書いた人は歴史の謎を解いた気でいるが、実は独りよがりで興醒めさせられてしまう。

ちなみに司馬さんはこれだけの長篇を書くのには、興味を持ち、史料を集め、読み、検討し、書き始めて完成するまでやはり十年はかかるという。しかし『坂の上の雲』を終えてから『翔ぶが如く』を書くまでの時間が短いことからもわかるが、長篇小説の目処がつくと、他のテーマに興味を持ち始めるというから、十年という期間は重なっているようである。

「『木曜島の夜会』の最後の一行はやりすぎじゃなかったか、どう思う？」

明治期に、日本から遠くアラフラ海まで、良質のシャツのボタンの材料になる白蝶貝などを採りに出稼ぎにいった人びとがいる。それを小説にした。

司馬さんがある関係から縁が出来て、別荘まで作った紀伊半島南端の古座川流域の町からも、大勢の人達が出稼ぎに行った。そしてそのまま土地の人と結婚して棲みついてしまった一老人の妻が、あの人はいつまでたっても日本人のままだと嘆いて、「Japanese is

a Japanese」という場面で小説が終っている。
編集者が一番困るのは右のような感想を聞かれたときだ。たしかに決まりすぎといえばそうともいえるかも知れない。しかし作者は最初の一句からこの最後の一句に向って書き進めてきているのである。これを否定するなら作品全体を否定することになる。そして作品の出来ばえはいいのである。応えようがないが、いい加減な返事では作者は納得しないだろう。いつもこういうとき、もごもごと不得要領な返事を繰り返すばかりで、私は編集者を卒業してしまった。

「そんなことはもう結論が出てると思うけどなあ」

『坂の上の雲』を書くについては、陸軍は自らの体験からその匂いはわかるが、海軍はわからない。そこで日露戦争当時に海軍士官だった人の子息で、やはり海軍士官になって第二次大戦を経験した人たちに集まってもらって、その空気を身に沁み込ませようとした。
二代続けての海軍士官なら、父親の仕事も理解しているし、士官であるのだから、戦闘についても大局的に把握できる視点を持っている。司馬さんは事実を調べるほかに、こういう作業もした。

司馬さんの取材に同行したのは数えるほどしかないが、このころ元海軍大佐で砲術の専門家であるMさんを訪ねたことがある。辞去して車が動き出したところで、司馬さんはくすくす笑い出した。

横須賀市三笠公園内に保存されている戦艦「三笠」の士官室で元海軍士官たちと熱心に話しこむ

「あの人はいまでも大艦巨砲主義やなあ」

大和や武蔵を持ち出すまでもなく、航空機の優位は、一九四〇（昭和十五）年の段階で、イタリア海軍がタラントでイギリス空軍により壊滅し、わが国でも翌年の緒戦にイギリスのプリンス・オブ・ウェールズを沈めたところで結論が出ていると思っていた、といった。

若いときに植え付けられた教育からは、なかなか自分の力だけでは逃れられない。「軍人は過去の戦争を戦う」という言葉があるそうだが、軍人に限らず固定観念からは簡単には逃れがたい。司馬さんの歴史観というのは、その固定観念との絶え間ない対決の中から生まれたのだと、そのとき思った。

「資料は山ほどあるけどな、やっぱり書かんことにした」

『坂の上の雲』は大ベストセラーであった。しかし連載当時からさまざまな批判がなかったわけではない。あれは司馬さんのいうように「祖国防衛戦争」であったかなどなど、疑問を呈する意見はいまでも多い。本書はこれについて言及する趣旨ではないし、私自身論評する能力もない。

ただこの小説をよく読むと、とても「国威発揚」的な、日本人は優秀な民族であるといった景気のいいものではない。

その「黒溝台《こっこうだい》」の章の中に次のような一文がある。

「この稿は、戦闘描写をするのが目的ではなく、新興国家時代の日本人のある種の能力もしくはある種の精神の状態について、そぞろながらも考えてゆくのが、いわば主題といえば主題といえる」

これが司馬さんの本音であろう。そして伏流しているテーマを追っていくと、私などには「たしかに日本にとってぎりぎりの選択ではあったが、こういう戦争はすべきでない。薄氷を踏みつつ、たまたまうまくいっただけである」と書くのが目的であったかのようにみえる。

のちの軍隊において顕在化してくるさまざまな欠陥の萌芽——派閥（藩閥）の存在および高級軍人の官僚化、それに伴う作戦の硬直化、新兵器や兵器開発への鈍感さ（日露戦争の場合は機関銃や大砲の駐退機など）、兵站への意識の低さ、次第に神話化する兵隊の強さ、それも精神力への過度な依頼心、情報への感度の悪さ、なによりも艦隊をワンセットしかつくれない国力のなさなどが小説の中で繰り返し指摘され、民間でも国民を煽り立てるばかりの新聞の存在など、むしろ「日本人は国外に出ていって近代戦をやるには向いていない」といっているのだとさえ思える。昭和前期へ至る重要なテーマを銜《ふく》んでいるのを見逃してはならない。

司馬さんは『坂の上の雲』と時期を一部重複して『花神』と『翔ぶが如く』を連載している。『花神』における大村益次郎は医者ながら軍事の才能を発揮し、維新後、徴兵制の確立など近代兵制に尽力した人物である。その大村が予見した西南戦争を描いたのが『翔ぶが如く』であり、『坂の上の雲』に登場する将官の多くは西南戦争の経験者なのである。

これらの関連は、もちろん偶然ではありえない。司馬さんの中での大きな構想であり、当然『坂の上の雲』はその受け皿として、次に書く予定の昭和の時代——太平洋戦争を意識して書かれている。『坂の上の雲』に伏流するテーマがあると書いたが、それは次作への伏線となるべきものであった。日露戦争という国力を超えた戦いのツケが、異様に膨らんでのちの日本を占領したともいえる。それを書かないと、『坂の上の雲』は完結しない。キャッチャーを想定して、ボールを投げているのである。

司馬さんが選んだテーマはまずは太平洋戦争そのものではなく、一九三九（昭和十四）年のノモンハン事件であった。それは『坂の上の雲』を書いているとき、すでに頭にあった。戊辰戦争が終結して、新しい日本が出発してから日露戦争までが三十五年である。その終結からノモンハン事件までが三十四年、前者は坂の上の雲を目指して登っていく時期、後者は坂を転げ落ちていく時期といえる。

ノモンハン事件は、自分がのちに所属することになる戦車隊が、敵の圧倒的な機甲部隊によって、完膚なきまでに殲滅された事件でもあるが、興味深いのは、なにより相手が日露戦争と同じロシア（ソヴィエト連邦）であり、場所もおなじ中国の東北部なのである。

『坂の上の雲』にこんなくだりがある。

「（秋山）好古がこの戦いの最初から献策しつづけてきたのは、かれの構想による日本の騎兵団の体質強化であった」。それには機関銃の装備や野砲・山砲を使う火力の強化、および騎兵の集団使用の強化とその攻撃力の増大が必要である。「後年の戦車用兵に相当する思想を好古はすでに思想として騎兵の上に実現しようとしていた」

これを見ると、秋山好古を主人公にしたのさえ、次作への伏線かと錯覚しそうになる。実際、騎兵が廃止されたとき、戦車隊に来た騎兵出身者もいたのである。

そして好古の希望する陣容がほぼ整った休戦直前になって、乃木希典《まれすけ》軍司令部の参謀が好古騎兵団の参謀に電話をかけてきて、せっかく機動兵団が編成されたのに、このまま戦役を終えるのは残念だから、一度使ってみないか、と乃木にことわることもなく唆《そその》かすようなことをいってきたというエピソードを紹介している。のちのノモンハン事件にいたる痼癖の萌芽を思わせる。

しかし、生存している人に会うなど、すべての取材を終り、書くばかりのところまできて、「ノモンハン事件」の執筆を断念してしまった。この間、話はよくしてくれた。戦車の装甲に差がありすぎてほとんどが串刺しにされたが、ある隊長は穴を掘って、戦車の本体をそこに入れ、砲のみを使ってなんとか凌いだといった話などは繰り返し語った。しかし事件後、関東軍参謀の辻政信たち「異常人」が敗れた連隊長に責任をとれと迫って、自決しろと拳銃を置いて回ったというくだりになると、「こんな話、精神衛生上わるい」と、苦い顔で話を打ち切った。

「書いていたら憤激のあまり、ぼくは死んでいたと思う」とまであとでいっている。関東軍首脳部の思い上がり、高のくくり方のために多くの将兵が死んだ。そしてその教訓はなんら活かされることはなく、無謀この上ない太平洋戦争へと突入していった。昭和二十年にいたるまでの軍部に対する司馬さんの憎しみは、終生持続し、繰り返し語られた。ただ、それは小説として書かれることはなく、『この国のかたち』などの評論で触れられるだけに留まった。

この幻の小説「ノモンハン事件」は『坂の上の雲』よりは質量は小さいながら、連星として組になって互いの引力で回転するはずのものであった。その伴星となるものがなくなり、『坂の上の雲』にはやや不必要な磁場のみが残った。これがこの作品に対するさまざまな誤解の種になっている。司馬さんにはそれがよくわかっていたから、誤解を助長することになりかねないテレビや映画など映像化の話には、亡くなるまでうなずかなかった。

「だれを主人公にしたらいいと思う?」

そう訊かれて驚いた記憶がある。八〇年代のはじめころであったろうか。主人公とは小説「ノモンハン事件」でのことである。司馬さんはノモンハンを書くにも、なんと古典的な主人公を立てた小説にしようとしていたのである。こんなことはふつう思いつかない。天才とはふしぎなものと思った。

「だれを主人公にしてもそのポストにつくと同じ顔になってしまうんだ」

たとえば、参謀総長の椅子に坐ると、みんな同じ顔になるという。これでは小説は書けない。これは今でも高級官僚にあてはまるのではないか。国会で答弁する省庁のトップたちは人は替わっても同じ顔に見える。いや、官僚だけではないかも知れない。

「それでは『参謀本部』という伏魔殿自体を主人公にするしかありませんね」

といったら、あいまいな笑みを浮かべて、それじゃ小説にならないよ、といった。

『坂の上の雲』では三人の主人公を立てて、健気に坂道を登ってゆく新興国家の初々しさを投影させているが、そもそもだれが日露戦争を書くのに、主人公を設定して書こうと試みるだろうか。

話が日露戦争たけなわの第四巻の「あとがき」でこのように嘆いている。

「この作品は、小説であるかどうか、じつに疑わしい。ひとつは事実に拘束されることが百パーセントにちかいからであり、いまひとつは、この作品の書き手――私のことだ――

はどうにも小説にならない主題をえらんでしまっている」

これだけ音を上げることになったのに、懲りていないのである。

「船頭さんがあっち行ったりこっちに来たりというだけの小説で、悪いことしたなあ」

これは『菜の花の沖』のことで、悪いこととは「およそ売れる小説ではない」といっているのである。

この小説の刊行中、八二（昭和五十七）年の八月一日付の手紙に次のようにある。

『菜の花の沖』は「竜馬や坂の上の雲のように華やかな店頭情景ではなくて和田君におきのどくです。なにぶん、船頭、商品経済というあまりロマンティックでない世界なので、ひとたちはしり込みするのでしょう。しかし小生にすれば、自分のばくぜんとした志をのべたもの——日本近世のひとびとの認識力について——で、これさえ人が讀んでくれれば、自分のアイデンティティにへんな錯覚をもたずにすむと思っています。いまにして思えば、かいてよかったな、と思っています」。

売れ行きについては、よほど気になっていたと見えて、この後にもつぎのような手紙を貰っている。

「○『菜の花の沖』は、生い立ちが面白く、途中、船で日本中を歩いているときは退屈で――筆者はそうは思わないのですが、読者の身になってみて――あとのロシア事情から又おもしろくなると思います。本当に、読者に気の毒みたいな小説ですが、日本人の書架にこの作品だけは入れておきたい――日本成立の基盤として――と思って、書きました。しかしよみなおして、読者がきのどくだと思ったりしました。ごはんに砂粒がまじったようで。○まああやむをえないか（商品経済を小説にするのは不可能にちかいということで）と思って、自らなぐさめています」

たしかに『竜馬がゆく』や『坂の上の雲』には本の売れ行きは及ばないかもしれないが、なにもこれほど司馬さんが心配することはない。江戸期後半の商品経済と北方からのロシアの圧力を背景に、一人の船頭さんの活躍をみごとに描き出して、かなりの読者を獲得したのであった。

この小説についていては、いま思い出しても冷や汗が出ることがある。司馬さんが「サンケイ新聞」にこの小説の連載を始めたのは七九（昭和五十四）年の四月であった。司馬さんは新聞の連載小説はその新聞社から刊行しないで、出版社から単行本を出すということで一貫してきた。このころは講談社、新潮社、文藝春秋という規則正しいローテーションで単行本を出させてもらっていた。

それで今度の「サンケイ新聞」連載は文藝春秋から単行本にということは決まっていたのだが、題材がなかなか決まらなかった。これもあとから聞けば、かなり前から新聞社との話はついていたというし、取材もはるか前からほぼすませていたのである。

しかし直前までこの題材になにか逡巡することがあったのか、単に私にいうのを忘れていただけなのかは知らない。聞いたのは一月になってから。鮮明に憶えているが、羽田に向う高速道路を走行中の車中で「こんどは高田屋嘉兵衛を書くことにした」とぽつりといった。頭の中が一瞬白くなった。

これよりたった二カ月ほどまえのことだった。嘉兵衛の子孫の方から、資料を提供するのでどなたか嘉兵衛のことを書いてくれる作家はいないだろうか、という打診が人を介してあった。そこでかねてから親しくさせていただいている人気作家（かりにAさんとする）にその話を持っていくと、おどろいたことにAさんは嘉兵衛を書く準備をひそかにしていたところだったのである。なんという幸運かと思った。その人の長篇小説を文藝春秋から刊行させて貰えることになったのだから。

嘉兵衛の子孫の方も一流作家に書いてもらえるのだから大喜びで、さっそく資料が送られてきた。嘉兵衛自身が書いたものは残されていないが、高田屋の帳簿から、北海道での仕事に関する覚書、心得などなど、おもしろかったのはアイヌと交渉するための通訳用の辞書めいたものまであって、それらのコピーが段ボール箱いっぱい分あった。それをAさん宅に届けたばかりであった。

司馬さんは私が黙ってしまったので、私の顔をのぞきこんでいる。あわてたあまり、「嘉兵衛って幕府に食い込んで蝦夷地で動いた政商ですよね」といってしまった。「いや、それはちがう。かれは政商じゃない」という見解が即座に返ってきた。その説明をいい始めて、ふと気がついて、「なんで高田屋嘉兵衛のことに、君が詳しいの」と怪訝そうな表情になった。それはそうであろう、日ごろは日本史に無知ぶりをさらけ出している男が、どうして嘉兵衛なる人物を知っているのか……。実際、私もこの件ではじめて嘉兵衛の存在を知ったのだから、司馬さんの疑問は当然であった。

やむを得ず経緯を話すと、今度は司馬さんが意表を突かれて絶句する番になった。「いや……」といってしばらく黙っていたが、「Aさんのはまだ先の計画だろうけど、僕の方はもう取材もほとんど終って、すぐにも書き出さなきゃならんしなあ」とため息をついた。「Aさんはすばらしい仕事をやってきた人だから、僕のとはちがった嘉兵衛を書くだろう。

たがいに自分の道を行くしかないかなあ」と複雑な表情で呟いた。

すぐにAさんにこの話を連絡すると、「そうですか、それじゃ私は書かないことにします」と淡々といった。ほっとしたような残念なような奇妙な気分だった。Aさんが先の資料を返すからというので、貰いにいった。辛いできごとだった。

「新中国も、音楽がなくてたいへんこまっています」

私は、司馬さんの「ペルシャの幻術師」に始まる伝奇的な小説の系列が好きだった。しかし後年になると、司馬さんに求められたのは「歴史小説」であって、もはやそういう小説は書きにくいと思っていた。だから『韃靼疾風録』の連載が「中央公論」で始まったときはじつに嬉しかった。毎号のように感想を書き送ったと思う。当人は「むかしのようにはいかんなあ、ついつい国際関係論みたいな理屈が入ってしまう。歳とった証拠や」と自嘲していた。

単行本になって読み直したとき、ひとつだけ不満が残った。それは音楽が聞こえないことである。女真軍や明軍にも軍楽隊というものがあったと思うのだ。それが見晴るかすなだらかな丘を越えて、あるいは黄土の広がりを閉じ込める黄砂の中から聞こえてくるというだけで、劇的な空間ができると思う。オスマン・トルコの進軍のマーチが遠くから聞こえただけで、相手方は恐怖のために意気を阻喪したというではないか。

そのようなことを図々しくも書いたら、間髪容《い》れずにハガキが届いた。

「『韃靼疾風録』感じよく讀んで頂いてありがとう。お手紙末尾に清軍の軍楽隊のこと御質問ありましたが、大兄の御想像どおり貧相コッケイなものです。シッカリモノのサイデンステッカーが〝世界でこっけいなもの、日本人がいっている日本の哲学（西田哲学のことでしょうか）と中国の音楽〟とどこかで書いたか喋ったかしておりますが、中国の音楽はバカみたいなものです。孔子が楽を好みましたので、そのせいか、歴朝、貴人の出入りや貴人に正規に謁見するとき、楽が奏せられます。楽といっても、多くはチャルメラだったようです。清末、地方長官が、英国領事館をたずねるときなども、領事館の門近くにくると、輿に地方長官（むろん清人）をのせた行列が、チャルメラを吹きます。それをもって、『楽ヲ奏ス』。いつかいったかと思いますが、中国は王朝がほろぶたびにその王国の国楽がまったく絶えた、というふしぎな国です。伶人は宮廷に仕えています。いち早く逃げ、伶人であったことを生涯秘し、そのため、楽器をさわることもなくなるからです。中国音楽史というものを書くこともできません。（新中国も、音楽がなくてたいへんこまっています）。音楽が王朝によってブツギレになっているため、だんだん貧弱になっていったのでしょう。明《みん》の国楽《こくがく》なんてつまらんものだったでしょう。その明のマネをして清のホンタイジが伶人にピーヒャラ吹かせたのだからきっとチャルメラ程度だったろうというのが小生の想像です。大兄の音楽への想いを満足させざること、右のごとし。二月四日」

一枚のハガキに六百数十字ある。中ほどの「輿」という字のところから、そのまま太いペンでは書き切れないと思ったのか細いペンに持ち替えている。中国の人に少々失礼ではないかとは思うが、これは中国の王朝時代への司馬さんのユーモアだと勘弁してほしい。八八（昭和六十三）年のことである。

司馬作品には大ざっぱにいって音楽の出番が少ない。いや、音自体の描写さえ多くはないと思うのだが、勘違いだろうか。ときに「無声映画みたいだ」と肚の中で感じたことがある。それは読者の想像に委ねているだけであって、私の聴覚が悪いのであろうか。

無作法なことであるが、かりに司馬作品の場面に音を置いてみようとしても、描写がダイナミックで、あるときは繊細で目が詰んでいてそれ自体で完結しており、うまくいかない。うるさくなるのである。

司馬作品を映像化して成功した例は少ないといわれる。以上のことと相互に関係あるの

作品の感想を送ると、必ず返事が来た

かないのか、どなたか教えてほしい。

「もう一回書けといわれても、気がすすまんなあ」

一瞬息を呑んだ。

八九（平成元）年の十一月十日の朝、会社に着くと、私に客が待っているという。運送会社の所長だとのことだが、まるで思い当たることがない。

ロビーで挨拶すると、相手は跳びあがるように立ち上がり、最敬礼した。「申しわけありません」、大切なお荷物をこんなにしてしまいました、といってビニールの袋に入った、なんだかぼろぼろの大型封筒をそっとテーブルに置いた。事態が飲み込めた。

この前日、みどり夫人から電話をもらって、かねてよりお願いしてあった『この国のかたち』第一巻の装丁に使う題字を書いたので送るということであった。それがこういう形になって、届いたのである。

深夜、荷物を仕分けしているときに、ベルトコンベアの隙間に挟まったことに気づかず、裂けてしまったという。なるほど、ほぼ二つにねじ切れている。そっと中身を取り出すと、強い力で引きちぎられた二十センチ角、厚さ一センチのスケッチブックが出てきた。しかも擦れて黒い油染みまで付いている。慎重に開いていくと、墨やクレパスで「この国のかたち」といくつも書かれてあった。色紙に描かれたタンポポの水彩画もあった。すべてびりびりに裂けている。

例によって原稿用紙に書かれた手紙も二通あった。繋ぎ合わせて読むと、末尾に「いっておられた字（絵をそえました。タンポポです。小生の大好きな花です）を同封しておきます」と書かれた六日付のものと、追伸として書かれた九日付のものがある。「スケッチブックにいろ〳〵な字を書きました。名前（司馬遼太郎）は活字のほうがよさそうです。

色紙の字は、マッチ棒ですが、弱いみたいですね。欠点です。

色紙のタンポポは、冗談で書いたもので、あまりよくなく、無用にして下さい」

細い字はマッチ棒で書いたという。おもしろい趣向だと思ったが……。泣けてきた。

所長はことの重大さをわかってか、「当社として責任をもってできるだけのことをいたします」と頭を下げるが、どうしようもない。司馬さんの方には向こうの責任者がお詫びに伺っているという。とにかく司馬さんによく事情を話してよく謝っておいてほしい、私どもとしては司馬さんさえ納得してくれればいいから、と引き取ってもらった。

午後に司馬さん宅に電話すると、夫人が、運送会社から説明は聞きました、しょうがないわね、司馬さんはもう一度書くのも億劫《おっくう》だから、破れたのを貼りあわせてなんとかできんかといっている、と伝えてくれた。あの本の題字は、だからデザイナーが苦心して貼りあわせたものである。

ご本人はあとでそれを聞いて、

「そうやろ、そんなんは何とかなるもんや」

気にも止めていなかったと、みどり夫人があとで教えてくれた。

「この世への義務感に押されて書いたのです」

さて、ウスぼんやり二人を前に「口で書いた」月刊「文藝春秋」連載の「雑談・隣りの土々《くにぐに》」のことは、前に書いた。わざわざ雑談と付けたせいか、わりと気楽に話していた。一回ずつ読みきりで、「遊牧文化と古朝鮮」「役人道について」「日本仏教と迷信産業」「中央と地方――いわゆる都鄙《とひ》意識について」と、司馬さんにとっては話しやすいテーマで進行した。いま『司馬遼太郎が考えたこと』11などで読める。巻末の「作品譜」に「口述」と註がついているが、例によってゲラには徹底的に手が加えられていた。

ところが、五回目に「ロシアの特異性について」を語ったときに、司馬さんは予測を誤ってしまった。鍬《くわ》で畑を掘り返していたら、固い鉱脈に撥ね返されてしまったのであった。これに対処するには、話し言葉という鍬ではどうにもならず、「書く」という掘削機が必要になったのである。

ゲラ直しにさんざん苦労した挙句、「続きは執筆することにした、そうしないと誤差が大きくなっていく」ということになった。ぼんやり二人はあえなく失業した。「雑談」でなくなった。

そして次回の書かれた「シビル汗の壁」はさすがに出色の出来ばえであった。すぐ手紙を出した。

「ロシアのこと、ほめてくださって勇気づけられます。書きながら、（こんなあたりまえのことを）と思いついていることでありますので、うれしいです」

という返事がきた。それから三回、ロシア話は充実した内容であった。この年（八二年）の初めに『菜の花の沖』の連載が完結しており、その余熱の中で、小説では書けなかったことをすべてぶつけた感があった。しかしこれが終った段階で、「雑談・隣りの土々」の連載も終ってしまった。気楽に話すつもりが、大きなテーマで執筆して、消耗したのであろう。

私のほうは困ってしまった。連載は都合九回分あるのだから、単行本にする分量はある。だが、前の四回分と後の五回分とはどうにも内容がくっつかない。文章の密度もテーマもまるでちがう。また、あとでいくら手を入れようと、前五回の「話したもの」とあと四回の「書いたもの」も別のものである。これでは本にできない。

とにかく前半は口述したものが貯まるのを待って一冊にし、後半は書いたものが集まるまで辛抱して一冊にと気長に考えるしかなかった。とりあえず掲載誌を切り抜き、一ページずつB4の白紙に貼り付け、書き込みをしやすい体裁にして、一度目を通してほしいと司馬さんに送った。

さまざまな機会を捉えていろんな提案をしたが、結局この後半部分が独立して『ロシアについて』となるまで、四年かかった。

一九八五(昭和六十)年の暮になって、これに取り掛かっているといううれしい便りがあり、しばらくして送ってあった切抜きを貼り付けた用紙(もう少々古びていた)に、真っ黒になるほど書き込み、それに例の七色が加わり、それでも足りずにかなりの新原稿が添えられたものが届いた。編集者の至福のときである。

以下、それにそえられた手紙。

「さて、和田兄、驚いたでしょう。

書き直すほうが早いほど手を入れてしまいました。ただし内容にはさわっていません。文章のみ。当初、讀みにくかったのを、讀みやすくしただけです。

『雑談として』や『あとがき』をいれると、50％（or38％）ぐらいふえたような氣がします。

ですから、月報のやつ、なしにして、これのみで一冊つくっていただけるかと思います。雑誌掲載時の小見出し、これは削ってください。

五回にわたった『章』のタイトル、これは生かしていいのではないかと思います。

『雑談として』の組みがむずかしいと思います」

と、それについての提案が述べられていて、

「そうそう、重要なことがあります。この和田兄がせっかく貼って下さったきれいな紙の上に こういう感じの赤線が入っています。ぜんぶ無視してください。傍線もひかれています。これも、無いことに。

じつは、一九八五年の早春でしたか、札幌で、小さなつどいを前にして、『ロシアについ

て』という私観をのべたのです。そのとき、卓上に資料代わりとして、この和田兄貼付の活字を置きました。ときどき、話していて見ねばなりませんでしたが、ちかごろ、めがねがおかしくて（老・乱視混入）大きな赤い文字を入れたのです。カンニングとして、ときどき、ちらっと見るためです。その傷跡です。欄外のはこういうマジックで消しましたが、文中の

は、消すことができませんでした。これは、なにか私の著者校正のように見えて、紛らわしいと思いますが、無視して下さいますように」

とあり、「本当に、きたなくしてしまいました。賢い女の子を傭って、ワープロに打ちなおして、その上でご覧下さい」とあるが、これこそ司馬さんの原稿に馴れない人にまかせると、どこが頭やら足やらわからず、エラーが続出してしまうであろう。

途中、「月報のやつ、なしにして」云々は、苦し紛れの一策として、ロシアについて書かれた五回分と、第二期全集の月報に書かれた十数回分のエッセイを合わせて本にできないかと提案したことへの返事である。むろん「ロシア」だけで一冊になるのだったら、願ってもないことであった。

「題は

『ロシアについて』

が簡潔でいいと思います。

『原形としてのロシア』

とか、

『アジアからみたロシア的原形』

でもいいのですが、ひと口で言えない題になってしまいそうで、よくないかもしれません。

あれやこれやで、こんなに消耗したことはありません。途中、体力という電圧が低下して、電灯が暗くなるような印象の一日がありました。結局、お団子みたいに汚くしてしまいましたが」

「お団子みたいに汚くした」という表現がおもしろい。ゲラに手を入れすぎて、お団子にタレやらアンコやらゴマやらごちゃごちゃにつけてしまったようだという意味だろうか。

「追伸
題名について
①氣取って
『北方考』としたほうがいいかなあ。

②又、氣取って

『ロシア考』

にしたほうがいいでしょうか。

大兄にゆだねます」

一つの仕事をなしとげた作家の喜びがそのまま表れていて、私まで嬉しさを相伴している気分になる。何をしたわけでもないのに、こっちも大仕事をした気分になっているのだ、まったく図々しい。

これをゲラにして送ると、またまたたいそうな手直しがあった。

「やっと、最後のゲラに手を入れました。和田君、ありがとう。兄の励ましがなければ、うちやっておいたでしょう。最後のゲラも、入れすぎて行数がふえました。申しわけないと思いつつ、入れました。

なるほど、兄のいうとおり、よみかえしてみて、いいもの（自分でいうのはドーカ）でした。『アメリカ素描』よりずっといいものでした。綿密で、情念がすきまなく入っていて。（自分でいうんです！）。その理由は自分でもわかっています。小生は半世紀を十年も（もう二年プラス）越したとしになって、そろ〱この世に失敬しなければならないとしになっています。そのことは、よく考えるのです。いままで考えつゞりてきたことで、自分以外の人が考えていないか、言っていないか、していることを、私蔵せずに言っておく義務がある、ということです。この世への義務感に押されゝて書いたのです。

工藤平助のいったようなことは、小生つねに考えています。その国にシンパを置き〝シンパがよんだからきた〟というようなアフガン・ケースのようなことは、日本でおこってはならないということです。しかしそうは露骨に書けず、といって〝相手になるな〟とも書けず、その中間をかいてゆくのは苦労でした。

ロシア（ソ連）が普通の外国になるのは、とても今世紀じゅうにはなりでしょう。自分の地球でなくて一つの地球という氣分にロシアがなるには、やはり何百年かかるでしょう。その間がむずかしいですね。反ソや反共はよくありません。〝反〟もまたイデオロギーですから。そしてただのイデオロギーよりも尖端がするどいですから、自他を傷つける以上に自分を傷つけます。大砲のコトバでいうと内膅《ないとう》破裂ということです。砲身の中で砲弾がバクハツして砲手が死ぬことです。本誌（筆者註・雑誌「文藝春秋」）で白衛隊の迫撃砲のことがでていましたね。あれです。反共、反ソはことごとく内膅破裂します。

だから『ロシアについて』は、そのことも言いつづけているつもりでした。しかしコト

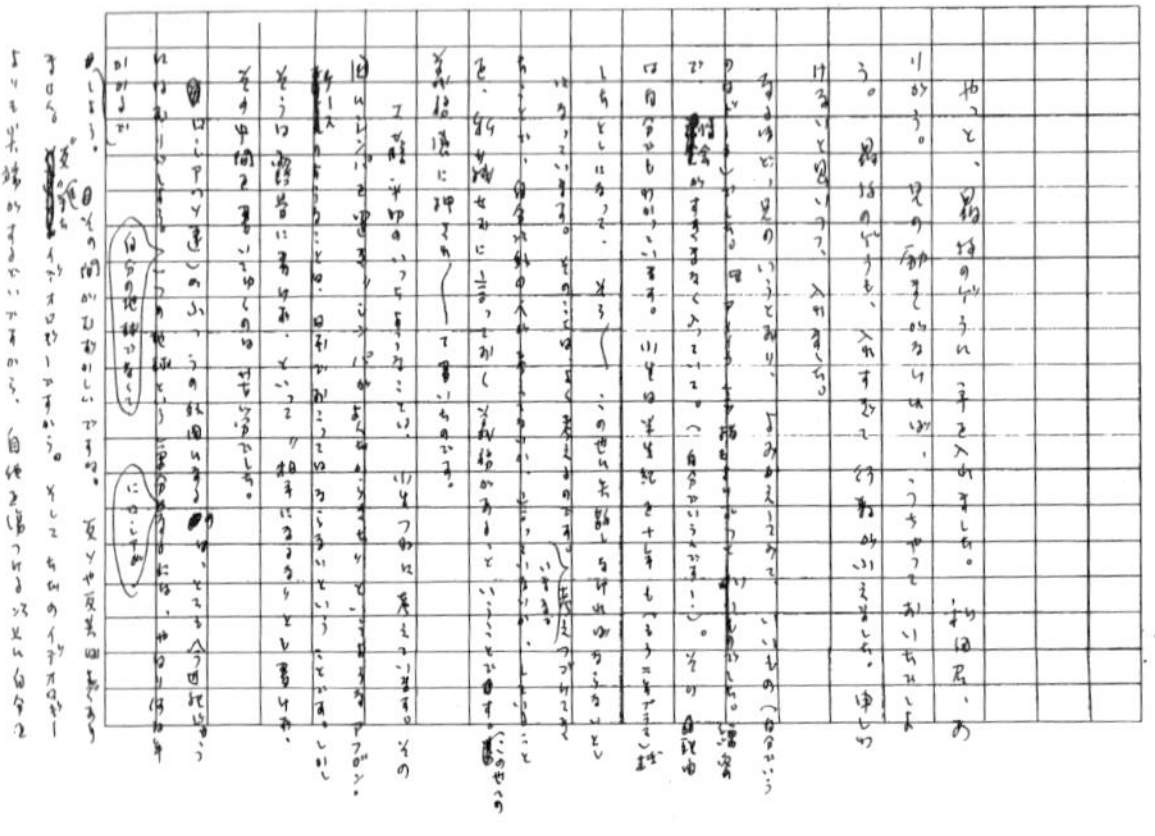

バをじかにつかいませんでした。このあたりが、疲れたこと（の）原因の一つです。コトバに出すと、下品で、しかも不正確になります。

大兄にごめいわくかけました。

五月六日夜」

義務を果たしたという達成感がじかに伝わってくる。

この時点では事態がはっきりしていなかったが、直前の四月末にチェルノブイリ原子炉の大事故が起きている。

そして数年後にソヴィエト連邦は崩壊した。司馬さんにはこれについての纏まった発言はないが、連邦は壊れてもロシアはかわらないということだろう。イデオロギーはいわれなくなったが、世界はいまや民族間、宗教間の軋轢が紛争の種になっている。言

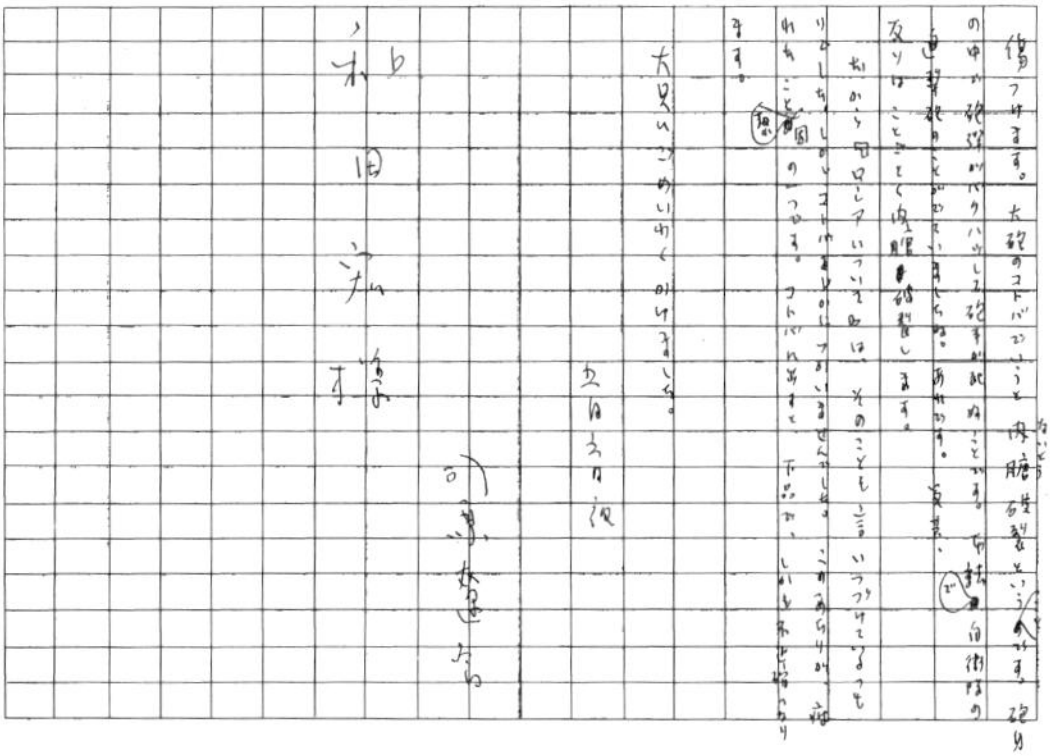

手紙用の原稿用紙だが、体裁は執筆用と同じである

葉を置き換えれば、なにもかわりがない。

司馬さんの発言から、イデオロギーという言葉は消えたが、代わりのように「エスノセントリズム」という言葉が登場した。自分の民族が一番優れている、という主義である。つまり「〝反〟他民族」だ。宗教問題も民族問題も「反」がつけば、内膅破裂を起こすであろう。

「人間は一人で歩いているときは、たいていバカではありません。イヌやネコとおなじくらいかしこいのです」と司馬さんは書く。

「ところが集団になって、一目的に対して熱狂がおこると、一人ずつが本然《ほんねん》にもっている少量のバカが、足し算でなく掛け算になって、火山が噴火するように、とんでもない愚行をやるのです」

そして人間を集団化させるものとして、「民族・

宗教・国家」を挙げる（「人間について」・『以下、無用のことながら』ほか）。

それにしても、「いままで考えつづけてきたことで、自分以外の人が考えていないか、言っていないか、していることを、私蔵せずに言っておく義務がある」という司馬さんの言葉は重い。司馬さんは死の直前まで発言し続けた。このときは『韃靼疾風録』の後半を書いていたが、この言葉は小説との決別の言葉でもあった。小説という道具では、自分の残り時間に間に合わないといっているのである。

さて、もし興味があれば、『ロシアについて』の第一章（口述をもとにしたもの）とそれ以下の章を読み比べてほしい。先に触れた、最初に話したものと最初から書いたものの違いがよくわかると思う。

ところで、余計なことを付け足すが、「司馬遼太郎」といえども、歴史の流れの中の時間という舟に乗っており、その拘束から逃れることはできない。時を経れば古びてくる部分があるのは当然である。司馬さんが幾多の先輩を乗り越えてきたように、やがては司馬さんを凌駕しようとする――どのような形か、いまは想像できないが――作家が現われるのは歴史の必然であろう。しかし司馬作品が拓いた歴史小説の地平への評価が損なわれることはないし、多くの読者に読み継がれていくことは間違いない、と私は確信している。

V

司馬さんの小景

奈良・春日大社にて

「ライターが壊れてしもた。買いたいから付きおうてくれんか」

一九七四（昭和四十九）年の早春だった。大阪へ帰る司馬さんを送って東京駅まで行ったとき、ふと思いついたようにそういった。予約の列車までまだ充分時間があったので、大丸デパートに付き合うことにした。ずいぶんと煙草を吸う人なのでライターがなければ不便であろう。

売り場で幾つか出させてみて、手のひらにすっかり収まりそうな長さ六、七センチほどの小さな四角柱で、金の縁取りに漆を塗りこめた品のいいものが気に入ったらしく、「これがええかなあ」といって、黒漆のものと赤漆のものを二本並べて「どっちがいい？」といった。

司馬さんには黒が似合いそうで「これでしょう」といったとたん、「そんならこれ君にあげるわ、僕はこっちにしとく」といって黒の方を私の手に落とした。呆然とした。

店の人は「包みましょうか」といったのだが、「すぐ使うから、このままでええ」と、ガスを詰めてもらい、お金を払ってしまった。われにかえって「すみません、ありがとうございます」というと、照れたように顔の前で手をひらひらさせ、さっさと歩き出してしまった。

全集（第一期）の刊行がもう終ろうかという時期で、これはそれを担当したことについての司馬さん流の感謝の表現なのであった。ホームでさっそくそのライターでうまそうに一服つけながら、もう私にそのことに触れさせまいとでもいうように、まったく別の話を始めた……。

このような心配りをされて感激しないものはいまい。感謝の表し方というのはむつかしく、まして人に物を渡すというのはなかなかうまく出来ないものだ。司馬さんのやり方をべつに器用なやり方とは思わない。ただこの人はこういう場合、細工をせず、奇を衒《てら》わないで一直線に温かい心遣いで好意を表す。

司馬さんはそういう人なのである。さりげなく、された側に負担を感じさせまいという心配りをする人なのだ。

感じ入ったあまり、私も自分が歳を重ねたとき、若い人にこのような接し方をする人間になりたいと思ったものである。が、実際その身になってみると、生来のケチである上に、若者の欠点ばかりが目について、そんなことはできもせずにサラリーマン人生を終ってしまった。金銭的なケチは気持の持ち方ひとつだろうが、精神的なケチ（料簡の狭さ）というものは持って生まれたものの如くでどうにもならない。人には器量というものがあると思わずにはおられない。いやはや今ごろ気がついてもどうにも遅いのだが。

「ちょっとホームの端まで歩いてくる」

かなり後年まで、どういう理由か知らないが、司馬さんは東京にくるときは飛行機で、帰りは新幹線ということが多かった。

七〇年代・八〇年代は大阪へ帰るとき、新幹線の入線を待つ間、そういってホームを歩いていった。大体いつも三時ころで、散歩の時間なのである。中央階段を下りていって見えなくなり、しばらくして向こうの階段を上ってきた白髪《はくはつ》がさらに向こうに移動してゆく。戻ってくると今度は逆の端へ向って歩いてゆく。

遠ざかってゆく司馬さんを見ていた記憶があるのは、あのころは、ホームの上の建造物がいまよりずっと少なかったせいだろう。いつも身だしなみのいい人で、夏はさすがに上着は脱いでいたけれども、カラーのワイシャツを少し腕まくりして、歩いていった姿が目に浮かぶ。品のいい着るものの見立ては夫人のセンスなのだろう。

いまでも町でみごとな白髪の人を見かけると、いつも瞬間、あっ、司馬さんだと思って愕《おどろ》く自分に愕く。

「やっぱり蕎麦は東京がうまいなあ」

たしかにそういう人は多い。ところがここから話があやしくなる。

しみじみそういったのは、町なかのふつうの蕎麦屋なのである。やたら鰹節の匂いのきつい、醬油っぽいお汁《つゆ》の蕎麦で、しかも食べる人が偏食の極まった人なのである。

直木賞の選考委員をされているとき（一九六九〜八〇年）、飛行機で上京するのを羽田までよく迎えに行った。選考委員会は芥川賞と同時に、東京・築地の料亭「新喜楽」で年二回行われる。

時間に余裕があるときなど、高速道路を降りてからそのまま「ちょっとその辺回って」とハイヤーに町なかを走らせ、「あそこに入ろ」といって蕎麦屋をのぞく。頼むのは、ザルと汁蕎麦の二点。小食なのでそのすべてを平らげることはないが、それでもかなり啜《すす》って、つぶやくのである。私は味についてしゃべる資格はまったくない人間だが、それでも思わず「ええっ、うそ！」といいそうになる。

私などには、司馬さん宅で仕事の小休止に出されるキツネうどんのほうが断然うまい。

「こんなもんしか出さんで悪いなあ」といいながらご本人も食べるうどんである。

さて、そのうち街のお蕎麦屋さんもどうかと気を利かせたつもりで、料亭のほうで蕎麦を用意してもらうことにした。「新喜楽」というのは、森鷗外の短篇にも登場する老舗である。メニューにないからといって、おかしなものを出すはずがない。じつに品のいいもり蕎麦を用意してくれた。

選考委員会が始まる前に別室で蕎麦を啜り、「うん、これはなかなかだなあ」というので、毎回この手順になった。しかし司馬さんはそういいつつも、どうも浮かない顔をしている。あの醬油で鰹節を煮詰めた汁がないのが不満なのかと思ったが、料亭ではそんなものを出すわけがない。

そのうち思い当たった。蕎麦を啜っていると、いろんな人が挨拶に来る。それがわずらわしかったのではないか。一度、訪問者に相槌を打っているうちに、蕎麦にひどく咽《む》せたことがあった。やっぱり街のお蕎麦屋さんにしようかと思っているうちに、選考委員を辞めてしまった。

ところで、司馬さんはカニを食べるとアレルギーを起こす。茶碗蒸しなどに少しでもそのエキスが入っていると、辛いことになるという。そこで食事をするときには、あらかじめカニはいっさい入れないでくださいとお店にいっておかないといけない。そうするうちに、先方は気を利かせたつもりか、用心なのか、エビも入れなくなることが多かった。

もともとこの人は、魚介類が好きではない。とくに刺身は苦手のようだ。ということはスシもだめ、テンプラもどうかということになる。どこの料亭でも、魚介類を抜いてほしいといえば絶句するに違いない。これの扱いが腕の見せどころなのだから。

自分の味覚の発達は、少年期で止まったといっている。何しろ「タイの焼死体をみると、もうそれだけで胸がわるくなる」とまで書いたひとなのだ。

ある地方に夫妻が出かけたとき、地元の人が大張りきりで、自慢の鯛の活き作りを用意したという。身を剝がれて泳がされる鯛を見て、夫妻は目のやり場に困ったであろう。刺身が嫌いな上に、こういう趣味をまったく受けつけない夫妻だからだ。失礼ながら、もてなす側の得意そうな顔と、二人の様子を想像すると、気の毒だけどおかしい。

結局、司馬さんと食事するのは、無難な肉料理に固定してしまった。それも余計な調理をしない、ただ焼いて食べさせる店ということになる。

「むかしから、私は食堂に入って、いつもなにを食べるか決めかねてきた」というこの人と、町なかのレストランに入る仕儀となったとき、私が目撃したのはカツライス、カレーライス、蕎麦・うどん、サンドウイッチくらいのもので、それから先は早くも想像の世界に入る。それらの延長線上で、ハンバーグ、オムライスなども大丈夫そうだが、考えるだけでどんどん「お子様ランチ」なるものに近づいていくようで狼狽する。

こういう人が海外に出ると、レトルト食品に頼らざるを得ないだろう。かつて中国の西域に行ったときに、一行の團伊玖磨さんの健啖ぶりには本当に驚いたらしい。

「羊の頭の丸焼きをな、あの人はリンゴのようにくるくる手で廻しながら齧《かじ》っていくんだぜ」

と、怯えた表情でいった。よく卒倒しなかったと思う。

ただ、ほとんど「うまい、まずい」をいわない人である。大好物の牛肉でも、松阪牛でなければとか神戸牛でなければなどとはいわない。ポテトチップのように薄いカツが出てきても黙って食べると思う。

司馬さん宅で出されて、司馬さんもおいしそうに食べたものに鰻がある。到来物だけど と出された、鰻の押し鮨や鰻を卵で巻いたコレステロールの塊りのようなものだ。そこで一度、夫妻を麴町《こうじまち》の老舗の鰻屋に招待した。司馬さんはご機嫌で、めずらしく蒲焼と白焼をあわせて一人前半ほど平らげたが、みどり夫人は鰻を裏返したり、表に返したりして遊んでいるだけであった。

こんなに夫婦そろって偏食というのは珍しい。私にとって「福田家」の食卓だけはどうにも想像を絶している。

「旅に出て二日目ぐらいからだんだん飲めるようになる」

お酒の話である。

ふだん家ではほとんど飲まないそうだ。それが旅に出てホテルに泊まるようになると、毎晩人に会うので食事の後にバーでということになる。しかしよく見ていると、そんなには飲まない。酒飲みから程遠い人だ。体が受けつけないというほどの休質でないばかりに、なまじ少しは飲めるというので、若いとき酒を強要されて辛かったと書いている。しかし人の酒癖には寛容であった。

酒を飲むよりお喋りが好きで、談論風発、ついつい聞いているほうが酒し話に酔わされてしまう。あるとき東京で、レストランで食事をしたあと、場所が近かったので銀座のクラブにお連れしたことがある。絶好調で話していたのだが、ときどきそばに坐ったホステスが知ったかぶりの口をはさむ。司馬さんはだんだんイライラしてきて、「頼むから静かにしていてくれんか」と黙らせてしまった。要するに銀座のクラブもホテルのバーと同じになってしまった。

「本を詰め込む倉庫のようなものを建てて、その片隅に管理人の居住区みたいなのを作って、そこに住みたい」

一九七九（昭和五十四）年に住んでいた家が手狭になって、新たに家を建てることになったとき、そんなことをいった。しかしどこにそのような家を引き受ける建築家がいるものか。結局、広い書庫があるものの、瓦葺の堂々とした家になった。そして懸念したとおり、書庫からすぐに本が溢れ出すことになる。客間から廊下、玄関にまで書棚が置かれた。新しい書棚が置かれるたび、とてもうれしそうな顔をしたと聞く。

新居は前の家からさほど離れていない。新しい住まいを探しているという噂が立った段階で、東大阪市がこの大納税者を逃してたまるかと浄水場あとの真四角の土地を提供した。これがいま記念館に隣接する住まいである。このあたりでタクシーに乗ったら、運転手さんが「あのセンセのおかげで、わしら税金が安い」というのを聞いたことがある。

司馬さん自身は、「なんか収入の九割は税金に持っていかれる気がするなあ」とこぼしていた。

土地は五百坪だったが、その一部を朝日新聞が支局に買った。朝日は司馬さん宅の隣りでずいぶん便利だったろうが、別の支局だが何者かに襲撃された事件があったりして、司馬さんの方は怯えたことだと思う。

市が提供した、と聞いたので、ただではないとしても安く融通してくれたのだと思っていたら、なにか話があわない。司馬さんが気がついて、「あっ、ちがうちがう、どうも市価より高く買わされたような気がする」といった。

さすが大阪だと思った。

「司馬さんを囲む会」のひとこま

「この顔がご尊顔かあ」

私のいた会社はよく人事異動をするところで、司馬さんを直接間接に担当した編集者は延べ二十人以上にも及ぶのではないか。その人たちがときに集まって「司馬さんを囲む会」をした。会社にはいい先輩が多く、たとえばこれを京都でやろうということになっても、自費で参加するのである。司馬さんもこういう趣旨の会ならいつも快く出席する。司馬さんはこの会社が好きだったと思う。

あるとき司会をまかされて、「日ごろご尊顔を拝する機会が少ないから」云々という挨拶をしたら、右のようにいって笑った。あとでとなりに坐ったら、「なんか手紙みたいな言葉やなあ」といって、次の話をした。

「そういえば、この間若い編集者から手紙を貰って、ぼくのことを〝大兄〟って書いてあったわ」

こういう会のあとではいつも「愉快だった」という手紙を貰った。

「先日は、小生は大々大々愉快でした。

あんまり愉快だったので、いまだに余韻がつづいています」

というものもあれば、次のようなものもある。

「ひさしぶりに諸兄のお顔を拝して、頭の中に物質が出ました（近ごろの脳生理学でそうなっているそうですな、人間がよろこぶと目の奥のほうの脳の中で何とかいう物質がでるそうですな）」

「バケツのような大きな灰皿を作ってくれんかなあ」

司馬さんの本がとても売れるので、どの出版社もなにかお礼をしたいと思う。思うのだが、そのやり方に頭を抱えてしまう。一時、懐中時計に凝ったことがあって、それが知れると各社からいろんな時計が贈られてくる。これはいくらでも高価なものがあるが、出版社の懐ろ事情もあるし、本人に何かを集めて楽しむといったコレクターの趣味がないので、実用のものとなると、そんなにいくつもいるものではない。

骨董品とか、書や絵の古い掛軸の類いを自宅において喜ぶということもない。一度、小林一茶の自筆が飾ってあってめずらしいと思ったが、「それは骨董屋がちょっと掛けてみたらと置いていっただけ」というふうに、物に執着したり、淫するということがない。

絵画は好きだが、好みがある上に金銭的に贈る側の手におえない。応接間にヴラマンクが掛けられているなど何点か洋画を持っているようだが、たぶん自分で気に入って、手に入れたものであろう。

煙草は前頭部の白髪が黄色くなるほど間なしに吸っている人なので、一時葉巻があちこちからきていたようだ。これを吸ってみないか、と高価そうな葉巻を出されたことがある。酒も自宅では飲まないので、高価なウィスキーも棚に置かれたままだろう。物をほしがらない人は始末に悪い。
『翔ぶが如く』が完結したとき、考えていてもしようがないので、ほどほどの値段で喜んでくれるものがないか、直接聞いてみると、右のような答えが返ってきた。「赤銅が好きなので、できたらそれが」ほしいという。そんなものならバケツ大であろうとヤカン大であろうと知れたものだ。

ところがそんな不思議なものは、この世に存在しない。そこで特注した。さすがにバケツとはいかないので、それでも大きな丼くらいのものをふたつ作った。作った職人も二度とないことだろうし、どんな人が使うのか興味津々だったろう。

「これはいい」と撫でさするようにして喜んでくれた。

それから二十年も経って、主のいなくなった書斎に入ると、使い古されたその灰皿が執筆机の上にぽつんと置かれてあった。

「ここは地の果て……」

司馬さんの歌うのは一度しか聞いたことがない。「カスバの女」であった。「何十年ぶりかで歌ってみる」といって、きちんと三番まで歌った。「われながらよう覚えてるもんや」

と驚いていたが、驚いたのはこっちだ。歌はうまいとはいえなかったが……。

「意地悪する、という外国語はあるのかしらん」

明治生まれというと司馬さんよりひと世代前までだが、意地悪する人が多かったという。べつに含むところがあるわけでもないのに、ちょこっとさしたる意味のない意地悪をする。江戸時代からそうで、たとえば新しく若年寄などになると、古株がちょっとした意地悪をする。松の廊下の刃傷事件の発端など、それがもとかもしれない。

こういう「習慣」は、おそらく日本にしかないのではないかという。きっと司馬さんも生涯に苦笑するほかない意地悪をされた思い出をたくさん持っていたことだろう。

「貴人に情《じょう》なし」

この言葉は書かれてもいるし、話の中に何度も出てきた。貴顕の家に生まれ育った人は、下々に情をかけることに疎いということ。

先輩編集者のTさんはこれに感心して、司馬さんに「まったく真理を穿《うが》った言葉ですね」といったら、「いやいや、あれはぼくが作った言葉やないねん」と照れた。

Tさんによれば、これはいまでも通用する言葉だそうだ。会社でも出世街道を歩き続けたエリートは、部下に対してずいぶんと冷淡なものだという。そういわれれば、政治家でも官僚でも、学者でも実業家でも、ずっと下ってごくごく小さな役所でも企業でも当てはまるのかもしれない。

この言葉を聞くと、私はいつも徳川慶喜という人物を思う。たぶん司馬さんが慶喜について話したときに使ったせいではないか。この人はご存じのように、水戸徳川家を出て、御三卿のひとつ一橋家を継ぎ、英君として幕末乱世の徳川家を、というより日本を立て直すであろう人物として、広く嘱目されたが、自分を慕ってきた水戸天狗党を司直の手に渡して平然としたものであったし、鳥羽伏見での戦局が利あらずとみるや、味方をも欺いてさっさと大坂から江戸に帰ってしまった。結局は維新で旗本どもを無職にしてしまったが、べつに後悔したふうもなく、一九一三（大正二）年まで生きた。

さて、書いたものとなると、司馬さんが初めてこの言葉を使った作品は、断言する自信はないが『義経』である。源頼朝が流人時代に伊東祐親《すけちか》の娘に子を生ませた。平家全盛の世に、思いもかけず源氏嫡流の舅になって愕いた祐親は、その子を殺させるが、頼朝は懲りずにこんどは北条の娘を狙う。それについて頼朝の周りの人間が、都では「貴人情を知らず」という言葉があるらしいが……と噂をする場面である。歴史的にはきっとたびたび繰り返されてきた言葉なのであろう。

「東京になじみが薄いものだから、地名を聞くとつい江戸切絵図を思い浮かべてしまう」

東京の道路を車で走っていると、よくあれは何とか、ここはどことかと聞かれた。行政の都合でずいぶん古い地名は消されてしまったが、昭和四十年代はまだかなり残っていて、それを聞くと江戸絵図の中でどの辺にいるのかと、つい思ってしまうらしい。

「海音寺さんなんかはもっとすごいよ。東京に出てきたとき、あの地名になっている溜池にきて、水がない、と驚いたらしい」

司馬さんは海音寺潮五郎さんのことを話すとき、いつも心から敬愛する先輩に対する口ぶりになる。

作家としての出発点から海音寺さんはこの人の才能を見抜いており、節目ごとに推奨を怠らなかった。「ペルシャの幻術師」で講談倶楽部賞を受賞したときも、日本人が一人も出てこないこの奇妙な小説を選考委員として強く推したし、直木賞の『梟の城』のときもそうであった。

直木賞の選評で、海音寺さんは「この人のものには、『梟の城』にかぎらず、人を酔わせるものがしばしばある。これは単にうまいとかまずいとかいうことと別なものである」といった上で、「この人には近頃の若い時代もの作家の多くに欠けている知識がある。その為に、歴史にたいする解釈なども独自なものを持ちながらすぐ底の割れるような浅薄さがない」と述べ、司馬さんの未来を明確に予言している。さすがというほかない。

そして十数年後、司馬さんについて「私が天才と予言したことを世間はみとめなかったが、立派に立証された」という意味のことを書いて、海音寺さんは「わたしは少々得意なのである」と自慢している。

「海音寺さんは鹿児島出身だから、標準語をマスターするところから始めたんだ。外国語で書いているみたいなもんだったんじゃないか」

「電車のなかで、ああ国の言葉だ、なつかしいなあ、と思って近づいてゆくと、朝鮮語だったという話を聞いた」

と司馬さんは語ったことがある。

ところで、『竜馬がゆく』に、竜馬が道を歩いているとき、いつ上から岩が降ってきても、その場で死ねるという覚悟を持つところがある。これは司馬さん自身のことだ。

そのことを海音寺さんに話したことがある。

「僕はいつ死んだって構わないんです。いますぐこの瞬間に死んでも構わないと、ときどき考えます。そういう癖があって、なんとなく死んでも大丈夫な感じがあるんです」

司馬さんが大まじめでこう語ったとき、海音寺さんは、

「それはノイローゼでしょう」

と応えたという話を司馬さん自身が紹介している（『司馬遼太郎全講演』1）。なんだかおかしい。

海音寺さんの晩年、入院された慶応病院に、見舞いにいく司馬さんにくっついていったことがある。司馬さんは病人を気遣ってあまりしゃべらない。海音寺さんも口数の多い方ではない。大活躍をしている愛弟子を見つめ、あたたかい表情で微笑《ほほえ》んでいる、といった具合で、そばで見ていて、ああいい情景だなあ、と思った。


「江川問題が許されるなら、売れない作家の問題はどうなる」

どうにもならないであろう。前段から後段の間にいくつかの段階があったと思うが、司

馬さんとは考えられないほど非論理的発言なので記憶に残っている。まるで「風が吹けば桶屋が儲かる」ではないか。

江川卓投手がプロ野球に入るにあたって、読売巨人軍がドラフト破りの横車を押した事件で、七八（昭和五十三）年の暮から次の年のはじめにかけてのことだった。

このとき司馬さんは本当に怒ったのだった。約束ごと（野球協約・法律）に隙間があるからといって、「子供」をめぐって大人たちが社会通念を破っていいことになるのか、恥ずかしくはないのかという怒りだった。

「毎日この件については新聞を精読した」といっていた。司馬さんがプロ野球に興味を持ったのはあとにも先にもこのときだけではないか。

とにかく巨人軍のいっているような理屈は、売れない作家が、どうして売れないのだ、と文句をつけているのと似たようなものだといいたいらしいのだが、どう考えても繋がらない。四角形の車をムリに転がそうとするみたいに非論理的だと思われるが……。

「天皇さんだからといって緊張することもない。なんにも悪いことしとらんもの」

一九七六（昭和五十一）年、司馬さんが日本芸術院恩賜賞を受けたとき、日本芸術院会

1976年、芸術院恩賜賞授賞式にて

館で昭和天皇臨御のもとで授賞式があり、私も出席させてもらった。元少尉殿はさぞ緊張するだろうと思っていたら、いつもと変わらず、すたすたと出て行って賞を貰ってきた。天皇は正面の壇上で背筋を伸ばして坐っており、そのときだけこっくりする。質したら右の応えが返ってきた。

「司馬さんの歴史観は魅力的だけど、天皇さんにだけは甘いなあ」という作家や評論家がいる。一貫して「天皇に戦争責任はない」という主張なのである。明治憲法は悪くない、運用した連中が悪いのだ、とくに昭和の初めの二十年、日本軍が日本を占領していたのだ、という。

司馬さん自身も、天皇さんには「何も悪いことはしとらん」はずで、その「占領軍」に駆りだされ、旧満州まで天皇さんのヘータイとして運ばれていったのである。

「ぼくは天皇さんとぶつかったことがある」のだそうだ。戦後、天皇は日本各地に巡幸されたが、水産試験場だったか水族館だったかで、天皇のすぐ後ろにいた司馬記者は突然向きを変えた天皇とぶつかったらしい。なにかおもしろいネタはないかと密着している青年記者を想像させて、微笑ましい。


昭和の終りころ、今上天皇の皇太子時代、東宮御所に何度かご進講にいっている。本人からは、どういういきさつでそうなったのか、なにを話したのか聞いたことはないが、なにかの折に次のことだけは聞いた。

「手洗いが近いものだから席を立つのだけれども、なにせ建物が広いから方向音痴のぼくは迷ってしまうんだ。そんなときあの青年はわざわざついてきてくれるんだよ」

ご進講をいっしょに聞いていたいまの皇太子が、とても行儀のいい、好青年であったと感心していた。


「後ろを振り向くとな、三両の戦車がついてくる。健気《けなげ》なもんやと思った」

兵隊時代の話もめったにしなかった。

敗戦直前、旧満州にいた司馬さんたちの戦車軍団は、本土決戦に備えて、朝鮮半島を南下し、日本に戻ってくる。戦車は汽車でも運ばれるのだろうが、ときに自走する。京城(現ソウル)かどこかで司馬さん指揮の戦車四両の小隊が走ったとき、どうやら先頭の戦車に乗る司馬さんは道に迷ったらしい。にもかかわらず、後ろの戦車は律義についていて来るというのだ。冗談ではない、後ろの連中こそいい面の皮だ。隊長の戦車についていかずにどこへ行くというのだろう。

司馬さんには演習のとき、戦車をひっくり返したという伝説がある。戦車というものは当然のことながら、ちょっとやそっとでは転ばないというのが大きな存在価値であり、そのように作られている。それを穴ぼこに落として横転させたというのだから、戦車が口をきけたら「なにしよるねん」といったことだろう。

「戦友の連中が遊びにきたとき、家内が『その節はお世話になりまして』というと、連中は顔を引きつらせて、黙ってしまう」

これについてはどこかに書いてもいるから、確かなことであろう。つまり、軍隊では連帯責任だから、司馬さんが何かをなくしたり、しくじったりするたびに、仲間全体がビンタを食ったり、懲罰を受けたりしたのである。軍刀をなくしたという話さえある。戦友たちからのちのちまで怯えが去らなかったということは、司馬さんはよくよくの常習者だったにちがいない。

「陸軍ではなんでも軍隊用語に置き換えるので、ドライバーを柄付螺廻《えつきらまわし》などという」

司馬青年にとって思いもかけない「文明」に遭遇した気分であったろう。

司馬さんの身長は一六五センチくらいではなかったか。当時の戦車兵としては背が高すぎたという人がいる。

「夜に悩みごとを考えたらあかん。どんどん深刻なほうにいってしまう」

これは戦国武将の心得としてあったという。いまでは想像もできないほど闇が深かったころは、そこに魑魅魍魎《ちみもうりょう》が棲んでいた。夜更けの暗がりで行く末を考えれば、明るい展望は湧いてこないであろう。関ケ原の前夜、それぞれの武将は一体なにを考えて過ごしたのかは尽きない想像をかき立てる。

司馬さんによると、これはいまでもいえることで、夜中にふと目ざめて考え出すと、気力が萎えて息まで細くなってしまうという。いわれてみるとその通りで、さあ、今夜からそんなことはやめようと思っても、凡人にとってはこれがむつかしい。考えまいと思えば思うほど、蜘蛛の糸に絡め獲られてしまう。

若いころの司馬さんは陸軍内務班の夜をどうやって過ごしたのだろうか。

「その人が呪《しゅ》を唱えると、空中に火が出たのを確かに見た」

どこかの山の中で、修験《しゅげん》を積んだ密教僧が暗闇で指先から火を出して見せたという。司馬さんという人は怪力乱神を語らないように見えて、どうかするとこの種の話が大好きなのである。本人によると、何年か周期でその傾向が出てくるそうだ。なにか説明できない力で空に雲を湧かせたり、雨を降らせたりする話がうれしいらしい。趣味としての密教好きで、それも野に散らばっている正統派ではない「雑密《ぞうみつ》」のことになると、目が輝く。

かといって、べつにそれに淫しているわけでもない、まったくの合理的精神の持ち主なのだが、そういう話にわくわくしているのが傍からでもわかる。それが作品のひとつの傾向になっていて、処女作「ペルシャの幻術師」から始まって、初期の「外法仏」「果心居士の幻術」などといったものから、後期の『空海の風景』の室戸岬での空海の神秘体験の描写まで続いており、作品歴の中でいえば、たとえば『妖怪』『大盗禅師』といったふうにところどころに顔を出す。

最後の長篇小説となった『韃靼疾風録』あたりにも、なんともいいようのない摩訶不思議な人物が登場するが、型破りとも思える想像力の源泉はそんなところにあるのかもしれない。

実際の司馬さんは無宗教である。強いていえば仏教で、それも浄土真宗だが、宗旨というより親鸞ファンといったほうが近いと思う。

「サンルームで仕事しよ」

冒頭に書いたように、私は司馬遼太郎さんは知っていても、本名である福田定一氏は知らない。司馬さん宅でも「表」=応接間以外の「裏」はめったに見たことはない。

七六(昭和五十一)年ころであったか、まだ旧宅のころ、一度仕事が終ったあと、「家内が外出していてなにも出来んけど、ウチで飯でも食ってくか」とダイニングに通されたことがある。

なんでも夫人は司馬さんの父親の加減が悪く、見舞いにいっていたようだ。「今日はすき焼きをやるからな、オレが割り下作ったる」と気軽に調理を始めたのには少々戸惑った。だいたい食べることに情熱のない人だからである。司馬さんをよく知る人たちによると、それでもじゃがいも入りチャーハンとかなんとか得意料理がいくつかあるそうである。

手持ち無沙汰でまわりを見渡すと、棚にずいぶんと洋酒が並んでいた。そこだけが大酒飲みの住人を想像させるが、「そんなん到来物や」そうで、飲まないらしい。もったいない。

七九年にここから引っ越すことになったとき、みどり夫人に手伝いに行きますよ、酒ビンを運ぶのだけ、と申し入れたが笑われただけだった。危険を察知されたようだ。

その旧宅時代に、「サンルームを作ったからな、きょうはそこで仕事しよ」と得意げにいわれたが、廊下を広めにしたといったものであったと記憶している。要するにこの家の主役は本で、人は小さくなって暮らしているのだった。

「年長者の前で猥談をしたらあかん」

第一期の全集を担当していたころだから、昭和四十年代の後半のことである。どういう脈絡でこういう言葉が発せられたのか、それを思い出せないのだが、私が司馬さんに猥談を披露したのではないのは確かである。

この言葉を思い出すとき、それは儒教的な意味、すなわち年長者に礼を欠くという意味ではなかったという感覚は残っている。そういうことを得意げに話す者がいるが、年長者から軽薄な奴と軽蔑されるよ、ずいぶん品下るやつと見られるよ、ほかにいくらいいことをいっても相手にされなくなるよ、という、単にそれだけのことだったのだろうか。

ともかく司馬さん自身、性に関する話をしたことがまずない。記憶に残っている唯一の話は、さる関西財界の著名人の（といっても私はその名を知らなかったが）女好きの具合を話していて、「あのおっさんのいうには、オナゴなんて風呂に入れたらいつでもまっさらじゃ、ということらしい」というエピソードくらいである。これはその人物のユニークな発想をしめしているだけにすぎない。

司馬さんは以下のことをいったことがある。

「もはや文学に残されたテーマは性と権力しかないいんじゃないか」

司馬さんが追究したひとつが「権力」という魔物であった。

「二条城なんて、文藝春秋でも作れるよ」

作れません。

司馬さんのいいたかったのは、江戸期の徳川将軍家といっても、中国やヨーロッパの皇帝や王侯に比べて、国力の違いを差し引いても、いかに富の収奪率が小さかったかということである。それらの国においては、一国の富が一点に集中するのに、この国においてはおよそそうではなかった。大名にいたっては、ほとんどが経済的に逼迫していた。このことは作品の中に繰り返し出てくる。

また、封建時代というと、短絡的に重い国家を想像してしまうが、むしろ明治になって国民国家を成立させてからのほうが庶民にとって辛かったのだといいたかった。明るく坂の上の雲を目指して上っていく半面、歴史をみても明治時代のように、農民町人階級に現金の重税を課し、その壮丁を根こそぎ戦場に送るなどといったことはなかったのだから。

「もっとも良き兵は、敵を恐怖するよりも国家を恐怖する兵であった」

と司馬さんは書く。

徳川家康が京の警護や宿所のために作った二条城の規模を見れば、将軍家の財力など知れたものだとつくづく感じてしまうという。でも一出版社に作れる財力はありませんよね。

「この人のお祖父さんは、毎日塹壕で泣いてたそうだ、かわいそうに」

私の祖父は明治十六（一八八三）年生まれ、敦賀の第十九連隊だから、乃木軍に所属する。昔、故老に聞いた話では、ずいぶん多くの若者が帰ってこなかったので、あのあたりでは戦前から乃木さんのことを良くいう人はいなかったそうだ。

祖父はときに従軍体験を話したが、「なんせ機関銃とコサック（と発音した）が恐《おと》ろしかった」そうだ。ということは旅順だけではなく、奉天戦にも参加したのか。よく命があったものだ。死んでいれば私はいなかったことになる。

私の中学時代にはまだ町内に戦友もいて、散歩の途中にわざわざ立ち寄っては、「お前のじいさんはな、塹壕で泣いてばかりいた」と私にいいつけて、祖父を悔しがらせた。司馬さんのいう明治人の意地悪とはこういうことを指すのであろう。

祖父は兵隊の給料を、とても使う気になれないといって、郵便貯金にしていたが、太平洋戦争後のすさまじいインフレで紙くず同然になってしまい、ひどく落胆していたのを思い出す。

こういう話をしたので、司馬さんは「明治の庶民は健気やねえ、かわいそうに」とその例としてこれを他の人にもいった。

『坂の上の雲』が大ベストセラーになったので、これにあやかって「文藝春秋」の増刊を出すことになった。もちろん司馬さんに長い談話をお願いしたのだが、その冒頭にこの

「かわいそうな話」をした。が、スペースの関係で、談話をまとめた先輩編集者が「悪いけど、ここ削らしてもらうぞ」といって、その部分は割愛されてしまった。乃木将軍麾下《きか》で生き残った祖父も、先輩の赤ペンで戦死してしまった。

ところで、『坂の上の雲』という作品は、前にも触れたとおり、事実に厳しく束縛されるが、しかし記録ではないのだから、事実群から何を抜き取るかについては作者の裁量である。この作品の中には無名の一兵士の日記が出てくるかと思えば、日本海海戦時に全艦隊の頭脳であった連合艦隊旗艦「三笠」の艦橋にいた人でも、すべてを描いているわけではない。「あのときうちの祖父がそこにいたのに、一行も出てこなく、残念だ」という投書を貰ったことがある。

「お嬢さん、きれいになっただろうね？」

上京したとき、夜あいている時間があると、私たち各社の担当者数人が定宿のホテルオークラに集まって司馬さんと食事をする。食事のあとはバーに場所を変えて、深夜までおもしろい話を聞かせてもらった上に、支払いは全部司馬さん持ちなのである。なんという図々しさだ。私が司馬さんなら、こういう益体《やくたい》もない連中とは付き合わないことにする。

会が果てると、かならず夫妻で外のタクシー乗り場までみんなを見送ってくれる。あるとき隣りに立っていた司馬さんが囁くようにそういった。

こんなことはなにも私にかぎらない。仲間たちの家族のことを細かいところまで憶えていて、「奥さんの具合、その後どう？」とか、「男の子、どこの中学にいったの？」とよく訊いた。

司馬さんは私の娘を知らない。それより十五、六年近く前、七二（昭和四十七）年に、私が第一期全集の刊行中に高熱を出して倒れ、二週間ばかり休んだことがあった。そのとき一緒に仕事をしていた後輩のTさんが私の家に作業の進め方の打ち合わせに来たことがある。娘が三歳ばかりのころで、とてもかわいいとTさんは司馬さんにいったらしい。それをずっと憶えていてくれる。

「きれいかどうかわかりませんが、性格が悪い」と応えると、「性格かぁ、ひどいことという親だな」と破顔した。

「うちの家系はどうも三歳ぐらいがピークであとは落ちるばかり。私だってそのころはかわいいといわれたそうですが……。父によると、私は『雪の上の犬のくそ』だそうです。雪が解けて下がってくることはあっても、上にいくことはない」

そういったことをいつまでも憶えていて、「どうもこの男の郷里にはそういう慣用句があって、本人がどうやら当事者らしい」と人にもいうので、いささか閉口した。

私の父が亡くなった際に、お花を贈ってくれた。そのあと上京されたときお礼を申し上げたいと思っていたのだが、お目にかかる機会がなくて、大阪に帰る新幹線のホームに見送りに行った。出掛けに引っかかることがあって、ホームに着いたときは発車の時間が迫っていた。夫妻はすでに席についていたので、窓越しに頭を下げたら、すぐさま二人が席をたって降りてこられ、ホームで悔やみをいわれた。呆然とした。

すぐ車内に戻ってくれるようにいいながら、胸がいっぱいになった。司馬さんは父より十歳下だから、六十四歳だった。今私はその歳になったが、そんな行動はとても取れない。情に厚い人であった。

「あのひとびとは、かって小生のかかりだった人達のあつまりです」

司馬さんを囲む歴代の編集者や友人たちの会を、夫人の名を取って「みどり会」と名付け、ときに集まって酒盛りをした。二、三十人ほども集まるので、会場はトンカツ屋の二階だったりしたが、のちには乃木坂にあるクラブを借り切ってやった。会費制ではあるが、当然大きく足を出し、その分は司馬さん持ちなのである。

一カ所に坐れないので、いくつかのグループに分かれるが、司馬さんは盛んに席を替えて、満面の笑顔でサービスして回るのである。

「なに、ここはそんなむつかしい話をしとるのか、ここに坐るのはやめとこ」と逃げていったり、「それはやなあ」といって坐り込んで、自説を展開したりする。今あらためて考えると、私たちはなんという贅沢な時を過ごしていたのだろうと思う。

この会に加えてもらった初期のころ、こんな手紙をもらったことがある。

「先日、楽しかったですね。

いまなおかかりであるのは、大兄のみです。

あのひとびとは、かつて小生のかかりだった人達のあつまりです。みないい人達でしょう？　他にもっといい人々がいるのですが（たとえばXX社のXX君）孤高？　の性格のひとは、みなさんにご迷惑だろうと思って、そっとしてあります」

XXには実名が入っているが、書かない。

会が果てるとき、司馬さんはいつも「ありがとう、ありがとう」と笑顔で手を振った。

その光景は忘れがたい。

司馬さんは女優の高峰秀子さんに「人間たらし」と書かれたことがある。高峰さんは司馬さんたちと楽しい中国旅行をして、旅も終りにさしかかり、淋しいなあと思っていたとき、司馬さんに「旅は終りだけれども、われわれの友情の旅は始まったばかりですなあ」などといわれて、なんて人の心を蕩《とろ》かすことをいうんだ、と感嘆している。

司馬さんという人は、いかなる意味でも人の心を攪《と》るということをしない。が、人を喜ばそう、楽しくしてやろうと心を砕くサービス精神の旺盛な人なのである。

「こんなのは漢詩やないぞ」

どなたの作品だったか、幕末のことを書いた小説を読んでいたら、つぎのような漢詩が出てきた。

老来迷漸鮮
持悪心不動
敢不思善事
淡々向明日

「老来ノ迷ヒ漸ク鮮《スクナ》シ／悪心ヲ持チテ動ゼズ／敢ヘテ善事ヲ思ハズ／淡々ト明日ニ向フ」

とでも読むのであろうか。私のような漢詩に無教養な人間が読んでも、韻さえも踏んでいないし、これは五言絶句といわれるものではなく、単に漢字を五個ずつ並べただけだと思う。

さらにいえば普通の日本語から単にカナを抜いただけだとさえいえる。

これはいったいなんなのだろう。小説にはこの詩の作者は登場しないので、作家が自分で即興に作ったのかしらとも思った。あるいはなんだか悪悟りした坊さんの戯作かもしれないとか、こっちに知識がないだけで、案外知る人ぞ知るものかもしれないとか考えながら、折があったら司馬さんに聞いてみようと思っていた。

あるときふと思いついて、この詩のパロディを作った。だいぶ頭が薄くなってきていたので、それをテーマにして、生来の毛が漸く抜けとか、薬品を買ったが使わずとか、敢えて養毛を望まずとか、バカなことを書いて人に見せてよろこんでいた。

さて、八七（昭和六十二）年の十一月に司馬さんに長崎での講演をお願いし、同行した。帰りの飛行機では中央の七人がけの席に司馬さんと夫人に挟まれて坐った。司馬さんは読む本もなく手持ち無沙汰で、本来なら伊丹空港までの時間は話を聞ける至福のときになるはずが、この日はどういうわけか爆音がうるさく話しづらい。しばらく大きな声で話していたが、疲れて黙ってしまった。

そのときこの詩を思い出した。しかし、手荷物は頭上の棚に入れてあるので紙がない。しかたなくポケットにあった紙片に書くことにした。ちょっと迷って、自分のパロディの方を書いて見せた。

司馬さんは「あはは」と笑って、「これはなあ、どうせならこう書く」といって、あっという間に、私の詩？　の横に書き直してしまった。

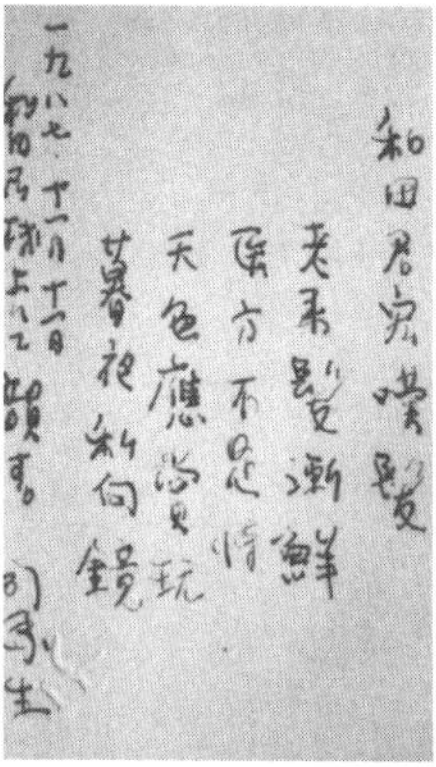

名刺の裏に書かれた漢詩？

老来髪漸鮮
医方不足恃
天色應賞玩
暮夜私向鏡

「老来ノ髪漸ク鮮シ／医方恃《タノ》ムニ足ラズ／天色マ

サニ賞玩スベシ／暮夜私《ヒソカ》ニ鏡ニ向フ」

と読むのであろう。天色とは自然のままという意味。

さすがと思い、清書してもらおうとしたが紙がない。しかたなく名刺の裏に書いてもらった。「和田君宏嘆髪」という題までつけてくれた。「こんなのは漢詩とはいわんぞ。これは字を並べただけだ」と話は漢詩のほうにいき、平仄《ひょうそく》を整えるための辞典のことや頼山陽など日本の漢詩人のことに広がっていった。しかしもとの詩のことには触れなかった。有名な詩なら当然話されたと思うのだが。

以上の逸話は、亡くなったとき、「週刊文春」に書いた追悼文の中で紹介した。後日談がある。

あのとき司馬さんが添削してくれた最初の紙片を、どうして貰っておかなかったのだろうと後悔していたが、それがあったのである。「週刊文春」を読んだ、当時司馬家の家事手伝いをしていた若い女性が「私が持っている」といってくれたのだ。

あの日、司馬さんは自宅に帰ってくつろいだとき、その紙片を彼女に見せ、「どうや、和田君のよりだいぶぼくの方がうまいやろ」と得意げにいって、くれたのだという。なんと司馬さんはあの紙片を持って帰ったのだった。

それを見せてもらうと、紙片とは講演会の来会者にサービスで配ったテレフォンカードを入れた小さな封筒であった。それがあのとき私のポケットにあったのだった。書き直した脇に、「無韻」「機上偶成」とかの文字が見え、「司馬生」のサインがある。

「横山ノックが大阪府知事になるとは！」

次の一文は、司馬遼太郎記念館の会誌「遼」の第七号に寄せたものである。

「司馬さんからきた原稿の封筒の中から二枚の紙切れが落ちた。それが左のものである。

〝ハルマゲドン――マルハゲドン――のお話、抱腹絶倒しました。奥様が語学の天才だけにおかしかったのです。小生、小学生のときの遊び友達が、どういうわけか松坂屋のことをマツカサヤといっていました。当時、大阪のおとなたちは（むろんオッサンたちですが）煙突のことをエンタツといっていました。煙が立つ、エンタツ。漫才のエンタツ・アチャコのエンタツは、それを芸名にしたのです。エンタツの芸名は、横山でした。これが漫才界で、いわば歌舞伎の中村、市川などという看板的な姓のように、伝承され、山田勇

という人が、横山ノックとして漫才をしました。それが大阪府知事になるとは！〃

九〇年代の初めころ、オウム真理教やらノストラダムスの予言やらで『ハルマゲドン』という文字が新聞雑誌にあふれた。わが家内どのはこれをまず『ハゲマルドン』と読んでしまったらしい。それがきわめて風変わりな脳内物質の作用で『マルハゲドン』なる言葉を連想するように進化してしまい、困っていた。一体どのような字を充てるつもりなのだろうか。そばにいる私の頭髪はそこまで進化していないので、気をまわすのはやめていただきたい。

そんなばかばかしいことを、原稿依頼の手紙のうしろに書いたらしい。これはその返事なのである。

ちなみに『語学の天才』というのは、家内が少々英語が使えることへの司馬さんのとんでもないサービス。

ところで、これはだれもが経験することだが、外国の言葉、とくに固有名詞はうっかり最初に間違って憶えこんでしまうとなかなか抜けない。

ある老作家のお話を伺っている時、若いころこの道を目指すきっかけとなった作品を

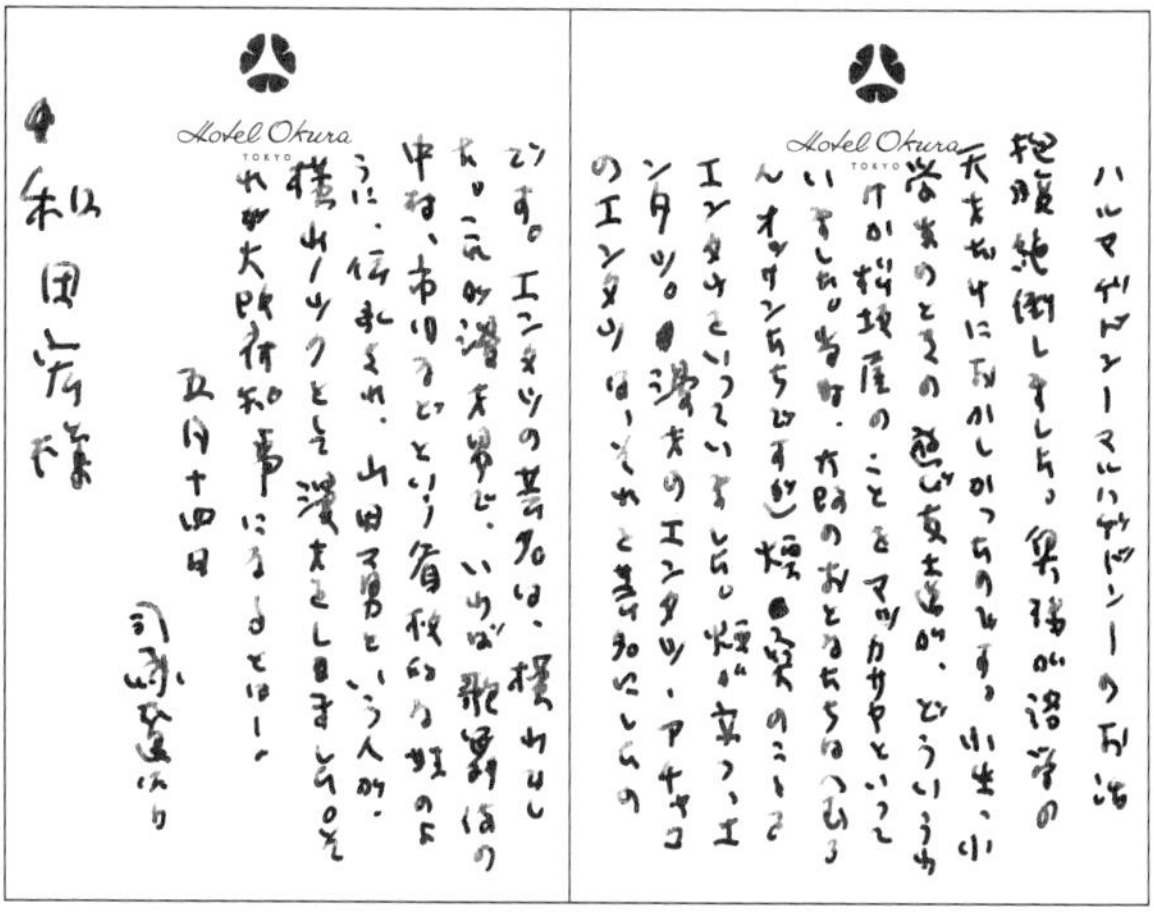

ホテルのメモ用紙に走り書きされた手紙

『カマラーゾフの兄弟』とおっしゃり、いまさらご注意申し上げるのも失礼かとはなはだ居心地の悪い思いをしたことがある。

このような体験は読者諸兄も思いあたられることだろうが、気になさることはない。博覧強記、頭脳明晰のわれらが司馬さんには、そんなことはあろうはずもないと思われるかもしれないが、神ならぬ身のこと、あるのである。かつてのアメリカの国防長官マクナマラをどういうはずみか『マクマナラ』と記憶されてしまい、この名をいわなければならなくなるたびに、とても困惑した表情になられたのを目撃したのは私だけではないと思う」

この紙切れとは、定宿のホテルオークラの

メモ用紙であった。話すスピードで書いているのではないかと思ってしまう一文である。また司馬さんの便りは葉書にしろこういうものにしろ余白がなく、いつもぴったりと収まっている。

さて、もうひとつ司馬さんが「笑った」と書いた手紙があった。

「アホなボンサンのお話、ふきだしました」

全集の三十五巻の月報に、司馬さんは「声明《しょうみょう》と木遣《きやり》と演歌」（『この国のかたち』第六巻）という一文を書いた。平安期に入ってきた仏教音楽としての声明が日本の音楽の重要な源流のひとつになっているというものである。

書かれたのは八三（昭和五十八）年の五月のことだが、原稿のやり取りのときに私は次のような話を司馬さんへの手紙に書いた。

郷里にいる父から聞いた話で、法要のときに声明の巧みなお坊さんがいて、じつにありがたいと町の評判になっているという。父が聞きにいってみると、なるほど声といい節回しといい、なかなか結構なものであった。そのうち父が気がついたのだが、この坊さんは長い間中学の教師をしていた父の、かつての教え子であった。徐々に思い出してみると、かれは勉強はしない、悪さはするといったどうにもならないワルガキであった。こうなると、父としては、いったいこの声明はありがたいのやら、ばかばかしいのやらわからなくなった、という話である。

返信で司馬さんもそんな坊さんを知っているといい、「アホなんですが、じつにいい声明です」と具体例が書いてあるが、差しさわりがあるので紹介しない。

司馬さんは大変なユーモリストで、人を笑わせるのが大好きな人である。そして自分もよく笑った。あっと思わせる絶妙な観点をやわらかい語り口に包んで抱腹させるが、元来が観察の鋭い人であるから、そのあとで、なるほどなあ、と感心させられることも多い。

私がなぜそんなつまらないことを手紙に書いたりしたのかというと、司馬さんはよく便りの最後に、

「何か愉快なことありませんか」

と書いてくるからである。ばかばかしい話ほど身をのり出してくる人だから、ついついそれにこちらもつられてしまう。

いまでも折に触れて思い出す司馬さんは、いつも笑っている。それもにこにこ顔などではなく、ソファの上で体をよじって笑い転げている。

……ふいに鼻の奥が熱くなる。

Ⅵ　出版について

少年時代によく遊び回ったという竹ノ内村で

「出版は、雑誌もふくめて、一隻の風帆船ですね」

一九九二（平成四）年ごろに貰った手紙の末尾に、「まだ疲れが、5％ほどとれません。長い手紙をしたかったのですが、右、失礼を不顧《かえりみず》、短いまま」とある。この「長い手紙」はついに貰うことなく終ったが、なにに関して書こうとしたのかは分っている。この前の手紙で私は愚痴を書いたのである。これは編集者としてルール違反であった。

余談になる（なんだか司馬さんに似てきた）。八〇年代の初めあたりから、これは会社によってずいぶん時間差があるだろうが、出版の技術が大きく変わってきた。コンピュータの導入による組み版をはじめとする印刷技術、販売システムの処理能力などだけとっても、変化は目ざましいものがある。そのことについてはここで書くことではないので措《お》くが、それと並行するように編集者の近辺でもさまざまな変化が見られるようになった。

一言でいうと、編集者はそれまでディレクターだった。それも脚本も書けば、大道具や照明も手伝い、端役もこなさなければならない小芝居の舞台監督のようなものであった。それがプロデューサーになり始めたのである。ライターを決め、カメラマンを選び、イラストレーターを頼み、レイアウトをデザイナーに発注するのである。編集者に手足がいらなくなった。頭だけでよくなったのである。いろんなことをやらせてもらえる職業なのだから、技術を身につけておいたほうがいいと思うのだが、自信がないのか億劫なのか、人まかせにする。まずいことに、そのほうが高級な仕事だと錯覚する者さえ出てきた。

雑誌の談話や対談をまとめるのも外注である。書籍のカバーデザインも専門家に丸投げになった。出版各社も社員を増やさずにすむから、どんどん外部の編集プロダクションに頼ることになる。そのおかげでずいぶん出版物がきれいになった。それぞれの部門に才能ある人が集まってきたのである。それはそれで慶賀の至りだが、編集者のすることがなくなってきた。いや、できなくなってきた。といっても能力のある人は前よりも忙しくなっているのである。

対談のまとめでも本のカバーデザインでも、実際やった経験が編集者にあるのとないのでは、他者の仕事への評価が異なってくる。いろんな齟齬が出てきた。日に見えて、つまらないミスが増えた。すべて人まかせにしているからである。

さて、そんな情況で自分の足元を見てみると、われながらいい歳をしてなんという素人くさい仕事振りなのだろうと愕然とした。ついそのことを手紙の端に書いてしまったのであった。

しばらくして司馬さんにあったとき、ほかに大勢人がいたのでその話はしなかったが、別れぎわに「素人でええねん」といってくれた。司馬さんはなにをいいたかったのだろう。そのヒントは、そのころに貰った別の手紙の次のような一文に隠れているのではないか、といまになって気がついた。

「それにしても、出版は、雑誌もふくめて、一隻の風帆船ですね。風向きを見たり、思わぬ風で走ったり、その間、こまごまと作業の多い仕事です。

いまのように――いまの民間航空機や船舶のように――高技術化した機体や船体でないのが、すばらしいと思います」

「色のついていない雑誌に、自由に小説を書いてみたいなあ」

司馬さんが書けば、どういうテーマの小説でも大勢の読者が喜んでくれるし、必ずベストセラーになるのだから、当の出版社は読者以上に、見苦しいほど喜ぶのはまちがいない。ところが、当人はそうは思っていない。雑誌に書くのなら、その雑誌にふさわしい小説を書かないと迷惑をかけると思い込んでいる。

長い間、雑誌「文藝春秋」がさかんに小説の連載をお願いしたが、なかなか首を縦に振らない。「読者が七十万とか八十万とかいう雑誌に書いて、その多くの人を満足させられるわけがない」という。それに伝統の色のついた雑誌だから、うかつなことは書けないともいう。結局この雑誌に小説を書くことは生涯なかった。

そこであるとき、「それでは岩波書店の『図書』や新潮社の『波』といった出版物のPR誌を文藝春秋が作れば、それに連載小説を書いてくれますか」といったところ、急に目が輝いて、「そりゃええなあ、なにを書いても雑誌の売れ行きを気にせんでもええし、どうせ採算を考えんで安い値で頒布するのやろうから、買ってくれた読者に迷惑かけることもない」、うん、それなら気楽に書ける、そりゃええなあ、と何度もいった。

「じゃあ、書いていただけるんですね」と念を押すと、我にかえって「いいけど、そんな雑誌、君の一存で創刊できるのか」といった。

当然である。三十半ばの平社員の男にそんな権限があるはずもない。

ところが私も出まかせをいったわけではない。そのころ出版局長だったKさんがPR誌を出したがっていて、かなり話が具体的になっていたのである。絶好のチャンスではないか。

さっそくKさんに報告すると、とても喜んで「それはすごいなあ、その連載小説をあとで本にするだけで、PR誌の費用など軽くモトが取れる」とずいぶん計算高いことをいったあと、しばらく考えていて「司馬さんの連載が終ったら、次はだれが書いてくれるの」といった。出鼻をくじかれてしまった。

その後、話がうやむやになって、このいい話は立ち消えになった。惜しいことをしたものだ。長篇小説一篇が闇に葬られた。

文藝春秋にＰＲ誌「本の話」ができたのは、それから二十年近い歳月が流れた一九九五（平成七）年である。その第一号に、司馬さんはエッセイを書いてくれた。

「『中央公論』は書きやすい。売れ行きを気にせんでいいから」

これはまた露骨な発言で、「中央公論」の諸氏に申し訳ないが、「文藝春秋」と発行部数を比べればそうともいえるだろう。しかし「中央公論」ほど伝統のある雑誌はないはずで、名だたる言論人、編集者を生んだ言論界の王道をいく雑誌である。したがって司馬さんの「色のついた」云々をいうなら、これほど色のついた雑誌はないはずだが、次々名作を書いた。

前項の話があったころは、『空海の風景』を書いていた。この作品を私は司馬さんの傑作の第一位に推す。司馬さん自身も自作のランキングの上位に置いている。

空海を小説にしようなどと考える人は、少なくとも司馬さん以前にあったのだろうか。この謎の人物の真実に濃密な筆致で迫っていく充実度は出色である。

その連載が終って四年ばかり経つと、今度は『ひとびとの跫音《あしおと》』を書いた。これまた司馬さんの小説では他に例のない過去と現在が交叉するふしぎな「現代小説」である。

最後の長篇小説となる『韃靼疾風録』も書いた。このころの司馬さんは重心を評論活動の方に移していて、世間からももっぱら日本人とはなにかといった発言を求められていたので、こういう伝奇的な小説を書くのは勇気がいったと思う。

この三作の創作上の冒険をみると、「中央公論」という媒体が司馬さんの自由に書きたいという好みに合っていたと思うしかない。そしてそれぞれ「芸術院恩賜賞」「読売文学賞」「大佛次郎賞」を受賞しているのである。しかもその間に、それまで中国の周辺国しか書かなかった司馬さんが、ついに「中国の旅」を連載しているのだ（のち『長安から北京へ』と改題）。

司馬さんは正月を旅先で過ごす習慣がある。自宅にいると、年始客が煩わしいのか、他に理由があるのか、私にはわからない。「私は中学生のころから正月がきらいで、たいてい大晦日からよそにいました」という一文があるが、中学生時代の好き嫌いが、生涯続いていていることは思いにくい。

旅先は、東は静岡であったり、仙台、札幌であったり、西は松山や長崎、鹿児島であったりするが、大体一月三日、四日あたりになると、ホテルに編集者や知人が押し掛けてきて宴会になる。私は許しを得て、むしろ三日を避けて、一日、二日にお邪魔することが多かった。すると当時の中央公論社の社長・嶋中鵬二夫妻が来ていて、司馬夫妻と五人で夕食ということがたびたびあった。

司馬さんと嶋中さんは年齢が同じ。この大作家と出版界の重鎮は長い付き合いだったはずで、その間いろんなことがあったであろう。なにも知らない上に、個人的な事情に興味のない私などが同席しているのがもったいないのであって、事情通が聞いていれば、ひとつひとつの会話の中にいろんな意味を見出せたであろう。

「中央公論はむかし『日本の歴史』で大儲けしたもんだから、ノンフィクション路線にいってしまって、あのころ作家に冷たかったなあ」などと司馬さんは本人の前で言って、嶋中さんも仕方なく微笑んでいるといった、遠慮のない間柄のように見受けられた。

聞くところによると、嶋中さんの終生の後悔は、こういうときに司馬さんから「日露戦争を書きたいのだけど」という打診があったのを断ったことだそうである。嶋中さんにはそれ相応の事情があったのであろうと思う。

『坂の上の雲』はサンケイ新聞の連載となり、文藝春秋から単行本となって、大の付くベストセラーとなった。勝手な空想をすると、司馬さんは『空海の風景』を文春のPR誌に書き、『坂の上の雲』を「中央公論」に書いたかもしれないのである。前者はともかく後者はまるで違った小説になったことだけは容易に想像がつく。

「新聞社や出版社で働くものは、地方出身で早稲田や慶応を出たものが適っているのではないか」

こういうことをいった七〇年代は、のちの受験戦争の過熱で早慶への入学がやたら難しくなる前で、ニュアンスとしては単に私立大学というところを二校で代表させている。

しかしながら大ざっぱにいって、これらの業界には、地方出身で東京の私立大学を出たものが圧倒的に多いのである。数が多ければなかには優秀なものもいるであろう。

いまは時代が変わって、地方はすなわち田舎ではなくなり、国全体で都市化が進み、均一化されて地方も何もなくなってしまった。司馬さんの好みは大体において中央より地方が好きというところがある。

「小夜の中山の心境やろな、難儀なことやな」

八二（昭和五十七）年の初夏に第二期の全集を担当させていただく旨、ご挨拶に伺った。「えっ、また君がやるの、えらいこっちゃな」と右の台詞をいった。こういうとき教養がないから困る。とっさになんの意味かわからずにうろたえていると、「ほら、西行の歌があるやない」と「年長《た》けてまた越ゆべしと思ひきや命なりけり小夜の中山」を教えてくれた。

まだ私も四十を越えたばかりだったけれども。

「君とここで造る本は四、五回開くとばらばらになる本ばっかりだ」

これはまたキツイいいようだ。以下のような経緯がある。

「『木曜島の夜会』ほど取材費のかかった原稿はないよ」と冗談でいったことがある。それはそうで、たった百数十枚の原稿を書くのに、オーストラリアの辺境、木曜島にまで自費で行ったのだから。もちろん取材ではなくて、自分の興味で行ったのではあるが。

さて、この作品を中心に短篇集を編むことになったが、司馬さんとしては、これは地味な本で一般受けしないであろう、しかし自分としてはとても愛着がある、だから値段が高くなってもいいからいい造本にしたい、と思ったのだった。司馬さんはいつもは読者のことを考えて、手にとりやすい価格の本にしてほしいといっていた。が、あとにも先にもこのときだけはちがった。それが右の発言になった。

造本のプランを変えて、函入りの本にした。

「編集者が防波堤になってくれなきゃ、作家はどうするんだ」

叱られた。しかも大目玉だった。普段みどり夫人まかせで、めったに電話に出ない司馬さんが、夫人から受話器をむしりとって（想像だが）怒った。

『坂の上の雲』は、『竜馬がゆく』とおなじように、連載中にキリがいいところで一巻ずつ刊行する方式を取っていた。これは各巻の厚さにばらつきが出るし、最後の巻が厚くなるのか薄くなるのかなりゆきまかせで、とても危険である。

私が一九七〇（昭和四十五）年に出版部に配属されたときは第三巻が出たばかりであったが、この巻から売れ行きに火がついた。ここから日露戦争の場面に入ったのである。ふつう巻数物の本は、巻を追うごとに初版部数が落ちていくものだが、この長篇小説に限ってちがった。第三巻から買う人がいたのであった。

読者から第四巻がいつ出るのかという問い合わせが殺到し、出版部はもとより営業部も悲鳴をあげた。「黒溝台」の章が終ったところで第四巻とすると決めていたが、さて、この章が年（七一年）が明けてもなかなか終らない。部長が、いつ終るのか司馬さんに聞けという。ばかみたいになんども聞いているうちに、司馬さんが爆発した。

「主人公のひとりである秋山好古が表立って活躍するのは、ここでお仕舞いなのだ。しかるに君はなぜ人を急《せ》かすのか。他人がなんといおうと、存分にやってくださいというのが、君の役目ではないのか」

一言もない。まったくその通りである。当時三十歳、いい歳をして、部長の言葉をそのまま伝えている子どもの使いみたいで、いま思い出しても顔から火が出る。

その二週間ほどあとに司馬さん宅へ『世に棲む日日』の校訂の打ち合わせがあって出かけた。考えてみれば、この小説は週刊誌の連載を終ったばかりであり、このころは『花神』も新聞連載していたから、司馬さんの仕事量は大変なものであった。

おそろしいほど緊張して伺った。司馬さんはむっつりしていて怖かった。が、すぐにいつもの司馬さんに戻った。自分もいいすぎたか、とやや照れくさかったのかも知れない。

以上、都合よく考えておくことにしよう。

ところで、『坂の上の雲』への反響がどれだけ凄かったかについて、数字で触れておかないと事情がわかりにくいかと思う。それには第五巻や第六巻は最初から一十万部近く刷ったといえば充分だろう。技術の進歩で、現在は一度にそんなに刷らなくとも、紙の手配から本が流通に乗るまでの時間が短くなってきているのでこと足りるが、当時はそんな具合だった。

こういう歴史小説を一度にそれだけ作るのは、さすがに緊張する。どこかでしくじって二十万部を反故にすれば、社の業績を左右する欠損になるだろう。一個の誤植でも二十万個の誤植になる。書籍の編集者の辛さは、もしそんなことにでもなれば、責任はたった一人に帰せられることである。この心細さは経験者でないとわかってもらえないと思う。

「社風をうしなって出版社は成立しません」

九〇年代に入り、いわゆるバブルがはじけたといわれるころになって、私のいた会社は突如三つもの雑誌を同時に創刊するという冒険をした。下っ端の目から見ても、一体どういう成算があるのだろうと不思議に思った。逆風のときほど攻めにかからなければならないという経営者の気持はわからないでもない。しかしそれだけの体力はあるのか。

三百人ぐらいの会社が瞬くうちに四百人に増えた。増えただけではなく、会社の質が変わった、と思われた。なにしろ三〇パーセントも増えると、知らない顔と廊下でしょっちゅうすれちがうことになる。ほどなくいろんなトラブルが表面に出てきた。そのころこの状態に司馬さんへの仕事の手紙の末尾で触れたら、次のような葉書を貰った。

「お手紙ありがたく。大変でした。察し入ります。

むかし、社員数は三百人が限度で、それ以上なら社風は保てないといわれていました。新潮社は、戦後、社風をまもるために、ひたすらに税金をおさめつづけてきました。(儲かったので、新部門をおこして損失でおとすことをしなかった)。社風をまもるためだといわれていました。経営というのは、屁理屈の世界ですね。〝社風をまもるなどといってゐては進歩がない。つねに新企画をおこして酸素を入れるべきだ〟といわれてしまえば、社風を守る論などは吹っとんでしまいます。しかし社風をうしなって出版社は成立しません。出版社というのは、アトモスフィアの上になりたっているのです。それがなくなると、生物社会のように、その植物(あるいは昆虫)はきえてしまいます。大兄の心配はそういうことでしょう。

二月二十四日」

九五（平成七）年のことである。

このあとも会社のことは気にかけ続けてくれていた。司馬さんから「君とこの会社はどうなっているんだ」と直接尋ねられた社員もいる。

「文藝春秋の社風は、戦後数十年、他社の範とすべくものがありました。そのことを同人諸子はよくわきまえるべきですね」

この手紙が同じ年の十月三日。そして翌年の初め、亡くなる二十日ばかり前の手紙にまで、心配の心情が溢れている。

「きっと社内が往昔の感から遠ざかりつつある、社風が変われば（社風で雑誌や本が生産されるので）大変なことになります。理由もわかるような気がします。小生がお役にたてばよいと思っています。このところ、体シンドイ」

これが私の貰った最後の手紙である。ああ。

Ⅶ　病気、そして死

東大阪市の旧宅（1967年当時）。書斎より庭を望む

「つかれると軽い坐骨神経痛が出ます」

「暑くなりました。しばしば汗ばんで、とくをしたようによろこんでいます。低体温、低血圧には、あせは望んでもめったに得られないのです」

という手紙がある。もともと体は頑健ではない、疲れやすい、としょっちゅういっていた。しかし傍から見ていると、いつも常人以上の仕事をこなしていた。

一九九〇（平成二）年ころに、原稿を依頼して、はかばかしい返事をもらえなかったことがある。そのあとの手紙には次のように書かれている。

原稿依頼に「煮えきらぬ態度を取り続けたのは残念です。Slow down slow downと、小生の理性（？）という運転手は、小生に命じつづけているのです。車体はまだ大丈夫なんですが、同年の人たちが社を勇退するというトシですから、いつまでも電車を走らせているわけにはゆかないのです。

なんだかインキのようですが、ヨウキにそう考えています」。

かと思うと、

「わが頽齢を感じます。大正十二年生まれなんか、町をめったに歩いていない世の中になりましたなあ」

と書くが、これは元気なときのまったくの冗談である。

ところが、死後催された写真展をみると、九三年ころから少々疲れているように写っている。そんなことはあとから気がつくことで、深刻な病いに取りつかれているなどとは毛ほども私たちは思っていなかった。もう七十歳なのだから、疲れるのも当然、これからは海外取材などは徐々に控えられたらいいのかなあ、などとのん気に考える程度だった。

「小生、少し疲れ氣味です。つかれると軽い坐骨神経痛が出ます。

いつか、阿川弘之に出会ったとき、

『遠藤も吉行も大変だ』

と、体の不調についてそう言いましたが、小生そこまではいっていませんが」

これが私にとって「坐骨神経痛」について触れられた初めての手紙である。九三年五月七日付の手紙の最後に書かれている。このころから発病していたのか……。吉行淳之介さんは司馬さんよりひとつ下で翌年の七月に亡くなる。遠藤周作さんは司馬さんと同年の生まれで、同年（九六年）にこの世を去る。

司馬さんは「坐骨神経痛」などではなかった。腰部の動脈瘤が神経を圧迫していたのである。最後はそれが破裂にいたり、急死する。私どもは司馬さんが苦しそうでも、「坐骨神経痛」が死にいたる病いだなどとは思ってもいなかったのだ。

「癌になるより風邪引く方がいやだ」

風邪を引くことに対しては、異常なほどいやがり、少し危ないと思われるときは厚着して、首の周りにいろいろ巻きつけて現われた。そのためのバンダナをたくさん持っていた。西部劇のカウボーイが喉や口、鼻を守るために使っていたものも、司馬さんがよくいう「だれでも参加できるアメリカ文明」の象徴のひとつかも知れない。夫人によると、自宅ではその上さまざまな重ね着をして、体中ひらひらさせて部屋部屋に出没するそうだ。

司馬さんと話していると、頭の回転の速さに圧倒される。途中でなんで話がそっちに行くのかと思っていると、ちゃんと企みがあって、もとの話に合流する。そこでよかったよかったと内心ひと安心していると、またとんでもない方に話が飛んでゆく……。

司馬さんの座談のおもしろさはだれでもが指摘するところだ。ところが油断はできない。「ぼくはじつは聞き上手だ」というのである。なるほど、はっと気づくと、じつにうまい相槌に乗せられて、こっちがしゃべらされていることがある。これは司馬さんを知っている人はみんな経験していると思う。私など教養のない人間はさんざんしゃべらされて、あとで、待てよ、さっき司馬さんにしゃべったことはあの人がどこかで書いていたことではなかったかと思われてきて、冷汗をかいたことが何度あったか。

恥を承知で、ひとつ例を挙げてみる。

「アメリカの子ども向け番組『セサミ・ストリート』にスペイン語のコーナーができたんですよ。これは大事件なんじゃないですか。映画でしか知らないけど、マフィアがシシリィ訛りのイタリア語を仲間うちで話していても、街では英語を使っている。とにかくアメリカという国に参加する以上、英語を使いましょうというのが、かれらの重要なアイデンティティじゃなかったのでしょうか」

などというと、

「ふうん、なかなかええことをいうやないか」

と、褒めてくれる。しかしあとで考えると、ほとんどが司馬さんの考えの借り物で、それどころか「司馬語」まで使っている気がしてくる。私は単にセサミ・ストリートのエピソードを知っていただけなのか。いや、それすら怪しい。こんなことを考え始めると、ノイローゼになるので、司馬さん担当編集者は少々ニブイ人でないと、長くは務まらないことになっている。自慢ではないが、私など三十年近くも務まった。

私の編集者としてのもっとも贅沢な、夢想に近い企画は、司馬さんにインタビュアーになってもらうことであった。この類いまれな教養人にして聞き上手に、たとえば歌舞伎役者や相撲の力士といった、司馬さんから離れた場所にいる人たちから話を引き出してもらう。こんなことを実際に企画会議に出したら、気が触れたと思われたでしょうけど。

とにかくどんな時でもこの人の頭はフル回転している。風邪を引いて頭がぼうっとして回転速度が鈍るのが、篤い病いより耐えられないことだったにちがいない。体温が「三十八度以上になると遺言を考える」という人なのである。

考えすぎといわれればそれまでだが、亡くなった情況から逆に考えてみると、この人は癌などに象徴される死が仄見《ほのみ》えるような病気に罹ったら、抵抗せずに死んでいこうと普段から思っていたのではないか。かなりの体の不調を感じても開業医や鍼灸医の対症療法のみですませ、大きな病院での検査すら受けていないと聞いた。問診や触診だけでは、皮袋の上から中のぶどう酒を当てるみたいなもので、どんな名医でも詳しくわかるわけがない。「坐骨神経痛」については、みどり夫人は気が気でなかったと思う。その気持は察するにあまりある。しかし当人は頑として精密検査を受けなかった。

一月に貧血で倒れ、亡くなる直前も大量の吐血と下血をしたのに、それでもなかなか病院にいくことに同意せず、まわりの手を焼かせたという。

手術も嫌がり、しつこく説得されてからようやく「それじゃあ、がんばってみる」といったのが最後の言葉だったという。もういいんだ、そんなことやりたくないが、これ以上抵抗すると、あとで近くのものが後悔するだろうから任せてやろう、といったことではなかったのだろうか。

「年取れば取るほど悧巧になるように思うけど、ハタからみるとそうじゃないんやろな」

こういって、ははははははと笑った。一九九四（平成六）年の二月、月刊「文藝春秋」に掲載するため「日本人の二十世紀」（『この国のかたち』第四巻）というテーマで話してもらい、ホテルオークラの会議室から出て廊下を歩きながらのことだった。亡くなるちょうど二年前のことであった。司馬さんがこのような自虐的なことをいうのは、じつにめずらしい。

絶筆となった同じ月刊「文藝春秋」の連載「この国のかたち」はちょうど十年で終った。始めたころは一回分が原稿用紙十枚あった原稿が、後半の四、五年は次第に短くなってゆき、終りのころは一回分七枚くらいまで減った。書くことがなくなったわけではない、何回と続くテーマで書いていたし、最後の「歴史の中の海軍」も五回続けてから未完で終っている。気力に体力がついていけなくなったのだろうか。

「感傷を軽蔑する習慣を自分に課している」この人が、このあとの手紙に、ふと「先夜はおもしろく、おもしろさのなかにすぎゆく時のはかなさが70％ぐらいは入っていましたね」と書いてしまうのだった。

「このあたりで自分も停年にしようかな、と思ったりしています」

「千号記念で、自分のダンワを訂していて、息をつめ、姿勢をそのままにしていたものですから、腰が冷え（？）あと、腰筋の痛みになやまされています。すぐなおると思ったのがなかなかなおらず、このあたりで自分も停年にしようかな、と思ったりしています。『神道』はじめは一回でおわるつもりだったのがなかなかおわらず、こんど発賣のぶんをのぞき、あと一回でおしまいにすることにしました。掲げて頂いた表によると、もう五回も書いたとか。ともかくも最終回は教義なしが神道である、明治の国家神道はおかしい、ということでおわります。新入社員のころ餓鬼大将のようだった先輩たちが定年で去ってゆくのを見送るのはつらいことでしょう。かれらの塀がたおれることによって自分の景色が前にみえます。春寒。三月七日」
千号とは「文藝春秋」九四年四月号のこと。前項の「日本人の二十一世紀」のことだ。「神道」はこの雑誌に連載中の「この国のかたち」の第九十三回から第九十九回まで七回分書いたテーマである。
この葉書では「腰筋の痛み」といっている。口述したとき、そのあとコーヒーを飲みながら、入社したころ一番世話になった社の五、六年先輩の人たちがこれからつぎつぎ定年になってゆくという話になった。もろん司馬さんも知っている先輩たちである。「そうか、かれももうそんな歳か。こっちも歳とるはずやな」と感慨深げだった。

「ザコツさえなければ」

「お手紙有難く。座骨神経痛は、ときに真鍮のあたらしい火箸を左太股にタテにつっこまれているような痛みがあります。虚空をつかんだような。遠因は、長いとしつき、へんなすわり方ですわりつづけてきたことによります。名古屋で、古い友達（中山了《さとる》、青木彰、和田宏）とあたらしい（といっても数年になります）村井重俊氏がいて、しあわせでした。

この上ない氣持でした。ザコツさえなければ。しかしザコツがあってよかったかもしれません。二十一歳のとき横にねていた美校出、北海道出身の大橋鉱三という戰友のザコツのことから多くの同病の人々などを思いだし、ほとほと他の人々の痛みがわかりました。

きょう十月十三日、ほぼザコツの神は去ったかと思いつつ朝食をたべています。しかし原稿を書くまでには至らず」

九四（平成六）年の十月には、もう「坐骨神経痛」が耐えがたい状態になっていたことがわかる。名古屋でも鍼療治を受けていた。司馬さんほど医者泣かせはいないであろう。検査というものを頑なほど拒み、いつも対症療法だけなのである。本当にこの尋常でない痛みを「坐骨神経痛」だと信じていたのであろうか。私にとってナゾのままである。亡くなるまであと一年有半。

名古屋にいたのは、七日に名古屋国際センターで講演するためで、私は『この国のかたち』の打ち合わせのために出向いた。講演のあとの会はおかしな会で、町なかのまさに居酒屋というところで小さなテーブルに膝をつき合わせて飲んだ。プロ野球セントラル・リーグの、これで優勝が決まるという巨人対中日戦の前夜であった。

中山さんはなんと当時、中日ドラゴンズの社長である。こんなところで一杯やっていて

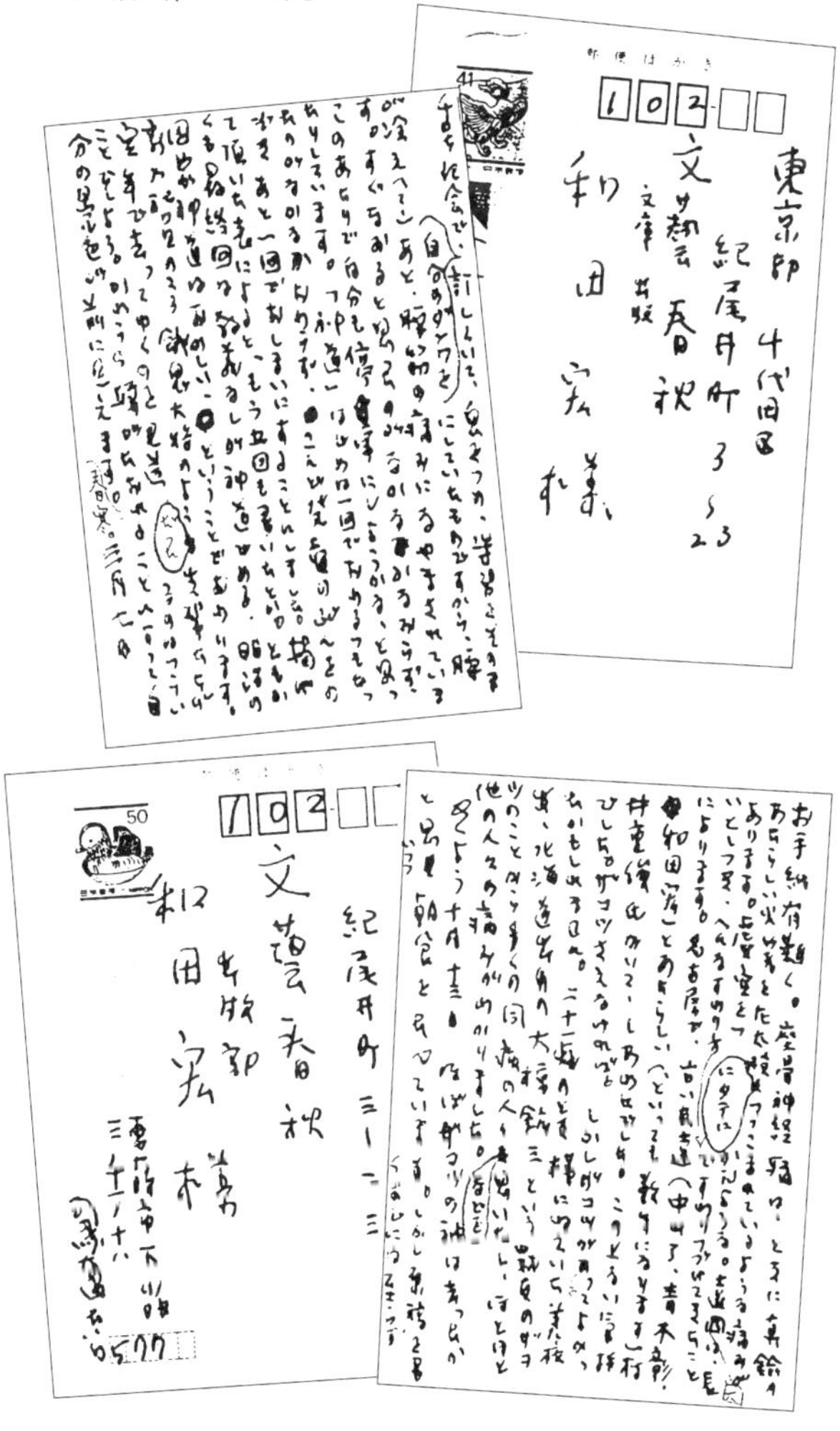

1994年、腰の痛みに耐えながら書いた2通の葉書

いいのかと思った。この人は司馬さんの産経新聞時代の先輩であった。青木さんはやはり産経新聞の後輩で筑波大学の教授に転身した人。司馬さん亡きあと、財団や記念館の設立に奔走した。

中山さんは司馬さんより三つ上で青木さんは三つ下、だから七十前後である。私は五十代半ばで、そういうそうそうたる大先輩といっしょにされて光栄ではあるが、この司馬さんの「サービス」にはいささか複雑な思いがないでもない。中山さんは二〇〇二（平成十四）年末に、青木さんは〇三年末に逝去されている。村井さんは「週刊朝日」の「街道をゆく」の最後の担当者。

さすがに巨人・中日の決戦の話でもりあがったが、この類いは司馬さんがめずらしく口を挟むすきまがない分野のひとつである。その上せまい椅子で腰によくなかっただろうし、第一この人には居酒屋では食べるものがない。それでも終始にこにこして笑語していたのが記憶に残っている。

「『人間の魅力』そんなによかったかと思い、ほっとしています」

亡くなる前年九五（平成七）年の夏、月刊「文藝春秋」のために、また語りおろしをお願いした。「人間の魅力」（『この国のかたち』第五巻）というのは、そのときのテーマである。定宿の一室を借りて、語り始めたのだが、なにかおかしかった。話が乗っていかないのである。こんなことはいままでなかった。いつもの滑らかな口調がふいに途切れる。少し離れている私のほうをときどきチラッとみるのだが、少し不安そうな、戸惑っているような、ときに苛立った目つきであった。話の内容も司馬さんらしくなかった。私にははじめての経験である。

終ってもなにか不得要領な表情で、憂鬱そうでさえあった。あとで夫人から聞いたのだが、この日司馬さんはひどく落ち込んでいたという。体の不調がそこまできていた。私はなにも気がつかなかった自分のおろかさに、いまでも胸が痛む。

編集部でまとめた校正刷りに、司馬さんは徹底的に手をいれ、ほとんどちがう原稿にしてしまった。出来上がった掲載誌でそれを読んだが、うんとよくなっていた。すぐに手紙を書いた。その返事の一部が右だが、やはり夫人によると、この作業ではなはだしく司馬さんは疲労したという。

この一文のはじめのほうに、「戦後、生きて帰って、五十年にもなるというのも、身にこたえますな」とあるのが、どういう意味なのか、私はずっと気になっている。

司馬さんには申しわけないことばかりだ。

「この先輩たちは、老いの痛みについては語らなかったな、と感心しています」

痛みほどの思考力の敵はないであろう。歯がちょっと痛いだけでも、人の頭は労働を拒絶する。しかし司馬さんは生き急ぐように九五年にはたくさんの仕事をこなした。対談などは例年より多かったのではないか。あとで考えると、まるで死期を悟って、これだけはいい遺しておこうといわんばかりの仕事ぶりだった。

「お手紙および旧稿のご点検ありがたく、なんだか機嫌がよくなっています。『あとがき』一枚半のつもりが、変に長くなりました。なんとかご宥恕《ゆうじょ》あって詰めてください。

もう故人になられて古くなりましたが、英文学の島田謹二博士の遺著（『フランス派英文学研究』上下二巻　南雲堂）の内容見本に、九十のころの島田さんの寫真がのっています。もう三カ月も、このパンフレットを机の上に置いています。むかしの人は、トシをとったからといって、あちこちシンドイとはいわなかったなあということを、自分に言いきかせるためです。むろんこの本、買いました。讀んでいませんが、島田さんはゆるしてくれるはずです。

十二月十七日

正月をたのしみに」

これと次の手紙の「仕事」は、『この国のかたち』の第五巻のことである。暮のぎりぎりまで手をわずらわせた。

「大晦日です、ゲラ直し、同封します。

お手紙ありがとう。トシをとると、体にあちこち障りあることを、七十にして知りました。もはやその七十も数年過ぎ、小生にしては思わぬ長命をしました。ちかごろ思いだされるのは、二十歳上だった諸先輩の風骨であります。島田謹二さんの〝内容見本〟の大寫真を机の上にいつも置いていて、この先輩たちは、老いの痛みについては語らなかったな、と感心しています。

十二月三十一日」

これが二週間後の手紙。島田さんのことが続けて出てくる。こんなことはこれまでなかったことで、よほどの苦痛だったと思う。しかし正月会ったときは元気で、神経痛には波があるのだろうとまだ楽観していた。

「…………」

長い間には、きびしく叱責を受けたことが何回もある。

亡くなってから、司馬さんを知る大勢の人たちと話す機会があったが、そういう目にあったのは、どうやら中央公論社の担当編集者であった山形真功さんと私だけらしい。「こうなるとこれは勲章だね」と山形さんと苦笑するしかなかった。

叱られた原因はまちまちだが、理由はほとんどひとつである。こちらが不用意に、あるいは狎《な》れて、甘えて、司馬さんが決して他人には踏み込ませない領域《サークル》にうかうかと入り込んでしまったからである。要するに福田定一氏の領域にである。山形さんと話をつき合わせてみた結論もそうであった。

「君らとは長い付き合いだろう。そのくらいどうしてわかってくれんのか」ということである。その証拠に、あまり親しくない人が、こちらがはっとするようなところにずかずか入り込んでも、人にやさしい人だから我慢をしている。

「お付き合いいただいた時間だけは、どうも二人は長いようだね」

と、これは山形さんと慰めあうしかない。

最後に

一九九六（平成八）年の正月二日、名古屋のホテルでの夜。食事の後はいつものとおりだった。席を変えてお酒を飲みながら司馬さんの独演会に大いに笑わされた。深夜に近くなり、司馬さんは眠る前の鍼治療ということで散会になった。そのときになって、夫人から「治療のあいだ、さみしいので部屋に来て次の間でお酒でも飲んでてと司馬さんがいっている」と、山形さんと二人誘われた。こんなことははじめてだった。なにせ「福田定一氏の場所」へいくのだから。

治療を終えた司馬さんは、「やあ、すまんすまん」などといいながら、血色がすっかりよくなって寝室から現われた。ガウン姿の司馬さんを見るのは初めてだったが、ふしぎなものでゆったりしたものを着ているとかえって「少し痩せられたのではないか」と思った。

三日の日は大勢の編集者が集まり、楽しい夜を過ごしたが、私はそこまでで、翌朝ホテルを出た。この日から「街道をゆく」の取材が始まり、「濃尾参州記」の取材なので、名古屋の近辺であり、同行した人も多く、またまた楽しい司馬さんの歴史話が聞けたらしい。しかしこの中のほとんどの人にとってこれが永遠の別れになった。亡くなるまであと四十日足らず。

私などこの月の二十日すぎに東京で会うことになっていたので、あのときが最後になるなどとは考えもしなかった。何度も繰り返すが、坐骨神経痛が死の病いであるとはだれも思わないであろう。

上京は貧血による体調不良で取りやめになり、あらためて二月の半ばにということになった。

……その日は日曜日だった。家人と近くへ昼飯を食べに出かけ、帰ってきたところに「文藝春秋」の編集長のNさんから電話があった。

「驚かずに聞けよ。司馬さんがな、倒れた。もうだめだという連絡があった」

Nさんは留守中になんども電話したそうで、「留守電」くらいつけとけよな、といった。私のところにも大阪から電話があったのかもしれない。

Nさんとその日すぐ大阪へ飛んでいった。

病院では、腰部の動脈瘤が決壊して、大量の輸血をしたのだが、もうどうにもならなかった、という説明を受けた。坐骨神経痛などではなかった。動脈瘤が神経を圧迫していたのだった。

その体を押して、最後までこの国の行く末を憂えて「義務を果たし続け」て、前向きに斃れた。これは五十年目の戦死ではないか。

集中治療室の司馬さんはただ息をしているだけだった。輸血のためか血色はよかった。手を握ると熱いくらいだが、なにも応えてくれない。そのまま一度も意識が戻ることなく、次の日の夜、帰らぬ人となった。

翌十三日、自宅に戻された遺体と対面した。いまにも「やあやあ、来とったんか」と起き上がって来そうな感じがした。「参ったよ、こんなになってしもうた」といっているような気もした。

密葬ということだったのに、聞きつけて大勢の人たちが集まってきた。庭で家の外からのお別れだったが、長い行列ができた。「私みたいなもんでも入れてもらえるやろか」と聞いてきた中年女性がいた。「見とくなはれ、この子が赤ん坊の時、先生に抱いてもろたときの写真だす」と写真を示す、中学生を連れた親父がいた。若者も老人も男も女も泣いていた。庭中がすぐ花でいっぱいになった。

十四日の葬儀も簡単に終り、みんな散っていった。

火葬場は司馬邸から歩いていける距離にある。私と山形さんの二人は親族の人たちとは離れて、とぼとぼと町並みを歩いていった。司馬さんの散歩によく付き合った道である。冬の午後の陽は淡く、風が冷たかった。

途中に司馬さんの七九年までの旧宅がある。ここにもずいぶん通ったなあ、と山形さんと話しながら通り過ぎた。

司馬さんの骨は、触ればすぐ崩れそうなほどすっかり灰になっていた。こんなに小さくなるものかと思った。

私と山形さんも親族にまじって、最後にどこの部分だかわからない小さな骨を拾わせてもらった。そして残りの骨はさっさと片づけられてしまった。それですべて終りであった。

肉体などまことに他愛もない。

だが、作品に込められた大いなる魂は永く輝き続けるだろう。

本書に登場する主な関連作品

「司馬遼太郎全集」全六十八巻（第一期三十二巻・第二期十八巻・第三期十八巻）／文藝春秋
「歴史と小説」／集英社文庫
文藝春秋編「司馬遼太郎の世界」／文春文庫
「風塵抄」「風塵抄 二」／中公文庫
「殉死」／文春文庫
「以下、無用のことながら」／文春文庫
「アメリカ素描」／新潮文庫
「歴史の中の日本」／中公文庫
「坂の上の雲」全八巻／文春文庫
「新史太閤記」上・下／新潮文庫
「街道をゆく」全四十三巻／朝日文芸文庫
「幕末」／文春文庫
「燃えよ剣」上・下／新潮文庫
「翔ぶが如く」全十巻／文春文庫
「菜の花の沖」全六巻／文春文庫

司馬遼太郎・陳舜臣「対談　中国を考える」／文春文庫
対談集「土地と日本人」／中公文庫
「司馬遼太郎が考えたこと」全十五巻／新潮社
「花神」上・中・下／新潮文庫
「十一番目の志士」上・下／文春文庫
「最後の将軍」／文春文庫
「義経」上・下／文春文庫
「竜馬がゆく」全八巻／文春文庫
「項羽と劉邦」上・中・下／新潮文庫
「空海の風景」上・下／中公文庫
「この国のかたち」全六巻／文春文庫
「胡蝶の夢」全四巻／新潮文庫
「歴史の世界から」／中公文庫
「司馬遼太郎全講演」全五巻／朝日文庫
「司馬遼太郎対話選集」全五巻／文藝春秋
対談集「八人との対話」／文春文庫
「余話として」／文春文庫

「梟の城」／春陽文庫、新潮文庫
「世に棲む日日」全四巻／文春文庫
「木曜島の夜会」／文春文庫
「ペルシャの幻術師」／文春文庫
「韃靼疾風録」上・下／中公文庫
「ロシアについて」／文春文庫
「果心居士の幻術」／新潮文庫
「妖怪」／講談社文庫
「大盗禅師」／文春文庫
「ひとびとの跫音」上・下／中公文庫
「長安から北京へ」／中公文庫

＊現在手に入れやすいもの（文庫版）などを主体にした。
＊「司馬遼太郎が考えたこと」（全十五巻）は、一冊一テーマで書かれた評論（たとえば「アメリカ素描」「ロシアについて」）以外の評論・エッセイや小説のあとがきまでを網羅しているので、他のエッセイ集（たとえば「以下、無用のことながら」）と内容が重複している。

和田 宏（わだ ひろし）
1940年、福井県敦賀市生まれ。1965年、早稲田大学文学部仏文科卒業。同年、文藝春秋に入社。「司馬遼太郎全集」など、同社出版部で長く司馬氏の担当編集者を務めた。2001年、退社。2002年、日本海文学大賞受賞（筆名・賀川敦夫）。

文春新書

409

司馬《しば》遼太郎《りようたろう》という人《ひと》

平成16年10月20日　第1刷発行

著　者　　和田　宏
発行者　　浅見雅男
発行所　株式会社　文藝春秋

〒102-8008　東京都千代田区紀尾井町3-23
電話（03）3265-1211（代表）

印刷所　　大日本印刷
製本所　　矢嶋製本

定価はカバーに表示してあります。
万一、落丁・乱丁の場合は送料小社負担でお取替え致します。

ISBN4-16-660409-0

◆文学・ことば

(2004.7) C